HEYNE

Das Buch

Kinder sind kein Thema für Andrea. Sie hat einen Job, der okay ist. Sie führt seit vielen Jahren eine Beziehung mit Georg, die okay ist. Jedes Jahr verbringen sie einen netten Urlaub in Jesolo. Was die Zukunft betrifft, will Andrea sich nicht festlegen, aber Georg will ein Fundament für ein gemeinsames Leben. Aus dem Dilemma scheint es keinen Ausweg zu geben.

Als sie aus dem gemeinsamen Urlaub zurückkommen, ändert sich alles – Andrea ist schwanger. Hin- und hergerissen entscheidet sie sich für das Kind – und geht damit einen Kompromiss nach dem anderen ein: Sie nimmt einen Kredit auf, obwohl sie nie einen Kredit aufnehmen wollte; sie zieht ins Haus ihrer Schwiegereltern, obwohl sie nie mit ihnen unter einem Dach leben wollte. Von allen Seiten prasseln Ratschläge auf Andrea nieder, und sie wird in eine Mutterrolle gedrängt, mit der sie sich nicht identifizieren kann.

Ein bewegender Roman über zehn Monate im Leben einer jungen Frau, der nicht nur Beziehung, Schwangerschaft und Familie in ihrer ganzen Ambivalenz zeigt, sondern auch, wie schwierig es ist, wie unmöglich fast, sich angesichts gesellschaftlicher Rollenzuschreibungen als Individuum zu behaupten.

Die Autorin

Tanja Raich wurde 1986 in Meran geboren und hat Germanistik und Geschichte studiert. Veröffentlichungen in Literaturzeitschriften (Kolik, Lichtungen, Die Rampe u.a.) und Anthologien. Verschiedene Preise und Stipendien, u.a. 2. Platz beim Münchner Kurzgeschichtenwettbewerb 2015, Finalistin beim 20. MDR-Literaturwettbewerb, Rom-Stipendium des Bundeskanzleramtes Österreich, Exil-Literaturpreis 2014. Tanja Raich lebt in Wien. *Jesolo* ist ihr erster Roman. Er war für den Österreichischen Buchpreis in der Kategorie Debüt nominiert.

Tanja Raich

JESOLO

Roman

WILHELM HEYNE VERLAG
MÜNCHEN

Sollte diese Publikation Links auf Webseiten Dritter enthalten,
so übernehmen wir für deren Inhalte keine Haftung,
da wir uns diese nicht zu eigen machen, sondern lediglich auf deren Stand
zum Zeitpunkt der Erstveröffentlichung verweisen.

MIX
Papier aus verantwortungsvollen Quellen
FSC® C014496

Penguin Random House Verlagsgruppe FSC® N001967

Vollständige deutsche Taschenbuchausgabe 05/2021

in der Penguin Random House Verlagsgruppe GmbH,
Neumarkter Straße 28, 81673 München
Printed in Germany
Umschlaggestaltung: © Christian Otto, Geviert,
Grafik & Typografie, München,
unter Verwendung eines Motivs von © plainpicture
Satz: Leingärtner, Nabburg
Druck und Bindung: GGP Media GmbH, Pößneck

Printed in Germany
ISBN: 978-3-453-42414-2

www.heyne.de

oltre l' orizzonte
un altro mare
e ancora un mare
ci sarà

Gianmaria Testa

0

Wir liegen am Strand in Jesolo. Du auf dem Bauch, ich auf dem Rücken. Du schnarchst ein wenig, aber nur so laut, dass dich niemand hören kann. Ich lese Dostojewski. Das Buch hast du mir letztes Weihnachten geschenkt. Einen Ring hast du mir auch geschenkt. Du hast gesagt, dass es kein Verlobungsring ist, nur ein Geschenk zu Weihnachten.

Die Luft riecht nach Salz. Die Sonne brennt auf unsere Körper. Schweiß tropft von meiner Stirn und nur durch den Wind hält man es überhaupt aus. Er wirbelt den Sand auf und trägt einen Musikschwall *Macarena* von der Strandbar zu uns. Ich möchte tanzen, aber noch ist es zu früh. Tagsüber tanzt hier niemand an der Bar. Alle schlafen und braten in der Sonne.

Unsere Liegen sind regenbogenfarben. Letztes Jahr waren sie blau und weiß. Die Sonnenschirme sind noch immer dieselben, aber jetzt passen sie nicht zu den Regenbogen unserer Liegen. Ich wünsche mir jedes Jahr einen Strand mit Strohschirmen und Bambusliegen, doch du sagst dann immer, dass es so etwas in Jesolo nicht gibt. Dass wir nach Thailand oder sonst wohin fahren müssten. Jesolo: Das ist nun mal Polyester, blau und weiß. Und seit heuer: Regenbogen.

Was schön ist: das Rauschen des Meeres. Die leisen Rhythmen der Sommermusik. Der Geruch von Kaffee und getoastetem Brot. Das Klirren der Weingläser. Granita auf der Zunge. Sonnenschirme, die im Wind flattern. Das dumpfe Kreischen der Kinder. Der Sand zwischen den Zehen. Das Rufen des Kokosnussverkäufers. Coco bello. Coooco bellobellooo. Vitamine, Proteine. Coooco bellobellooo. Er hat einen Kanister in der Hand, große Muskeln und einen Anker auf den Arm tätowiert. Er ruft: Bella, coco bello, und bleibt vor mir stehen. Bella, sagt er noch einmal, bellina, als hätte ich noch immer nicht verstanden. Ich schüttle den Kopf. Er nimmt eine Kokosnuss, regalo. Ich nehme sie in die Hand, sie ist kalt und nass. Seine Blicke wandern meinen Körper entlang, als wollte er in mich eindringen. Ich schließe die Beine, sage, geloso. Jetzt erst fällt mir auf, dass er ein goldenes Kreuz an seinem Hals trägt. Er zuckt mit den Schultern und geht weiter. Bei jedem Schritt wirft er etwas Sand durch die Luft, während er wieder mit seinem Coco bello beginnt.

Es ist immer irgendwie gleich. Der Geruch im Hotel, die Leute auf den Liegen, der Handtuchverkäufer, die Speisekarte in der Pizzeria. Wir haben nur ein anderes Hotelzimmer und dieses Mal keine Badewanne, sondern eine Dusche ohne Türen und Schimmel an den Wänden. Wir sagen dann, dass es uns egal ist, aber dass letztes Jahr noch keine Plastikflaschen am Strand gelegen sind, dass letztes Jahr etwas weniger Algen im Meer geschwommen sind. Dass die Kellner etwas freundlicher, das Zimmer etwas größer und das Frühstück etwas besser gewesen ist. Aber dann sagen wir auch, dass es o. k. ist. Nichts wiederholt sich auf dieselbe Weise, und in der Erinnerung ist immer alles besser. Ich sage also, schön ist es hier.

Schatz. Schaatz! Georg!

Was?

Kommst du mit?

Der Sand brennt unter meinen Füßen. Ich versuche, langsam zu gehen. Ich halte es aus. Doch der Schmerz wird so stark, dass ich zu laufen beginne, immer schneller und so schnell ins Wasser hinein, dass ich falle und wie ein schwerer Sack hineinplumpse. Ich lache, aber ich lache allein.

Ich liege im Wasser und lasse mich treiben. Über mir kleine Wolken, die den Himmel entlangwandern. Spuren von Flugzeugen, die langsam verblassen. Die Wellen spülen mich vor und zurück, treiben mich immer weiter hinaus. Von da draußen kann ich dich kaum erkennen. Dein Gesicht nichts weiter als ein kleiner Punkt unter einem Sonnenschirm.

Als ich zurückkomme, schleiche ich mich an dich heran und schüttle die nassen Haare über deinem Rücken aus.

Was machst du?

Das Wasser ist toll!, sage ich, aber du drehst dich wieder auf den Bauch und sagst: Lass mich schlafen.

Wir sitzen in der Strandbar und trinken Aperol Sprizz. Das gehört zum Urlaub dazu, sagst du und zündest eine Zigarette an. Du bläst einen Ring in die Luft und nippst an deinem Glas. Du bist rot im Gesicht. An den Schläfen hast du weiße Streifen von der Sonnenbrille. Ich trage deinen Ring noch am Finger und nehme ihn runter. Ich frage mich, warum du betont hast, dass es kein Verlobungsring ist. Wir haben doch immer gesagt: Wir heiraten nicht.

Am Nebentisch sitzt eine Familie. Die zwei Kinder laufen zum Wasser.

Komm wieder her, ruft die Mutter. Sie läuft zuerst dem einen und dann dem anderen Kind nach, während ihr Mann sitzen bleibt. Er raucht, ein Bier steht vor ihm, und macht den Eindruck, als gehöre er nicht dazu. Erst als die Kinder immer lauter und ungeduldiger werden, gibt er sich als Vater zu erkennen. Die Kleine zieht er grob am Arm, setzt sie auf seinen Schoß und hält sie fest, während sie mit den Tränen kämpft.

Wir sehen uns an und lachen. In deinen Augen blitzt Erleichterung auf. Beide sind wir froh, dass wir nur zu zweit mit unseren Aperolspritzern sind. Durch das Familiengeschrei schlängelt sich die Stimme von Eros Ramazzotti zu uns, *più bella cosa non c'è.*

Ich erinnere mich noch an unseren ersten Kuss. Wir waren betrunken, nachdem wir uns mit einem Liter Wein Mut gemacht hatten. Wir saßen auf einer Parkbank, der Himmel drehte sich, deine Finger legten sich auf meine Hand, und dein Gesicht kam immer näher, bis sich unsere Lippen berührten. Dabei drehte sich alles in mir, ich weiß nicht mehr, war es der Wein oder auch die Verliebtheit. Und dazwischen mein Herz, das in diesem Karussell den Rhythmus vorgab.

Du warst so schüchtern damals, obwohl du unter Freunden immer die großen Sprüche geklopft hast. Bei mir warst du ganz klein, ein anderer, als wärst du zwei Personen in einem Körper.

Am Abend essen wir nie im Hotel. Du sagst: Nur Touristen essen im Hotel. Du kannst dich aber nie entscheiden, in welches Restaurant wir am ersten Abend gehen. Deshalb laufen wir die Fußgängerzone rauf und runter.

Gehen wir doch in das eine – wie heißt es? – drüben an der Promenade, mit Blick auf das Meer.

Das ist teuer.

Ist doch egal.

Dort sitzen nur Touristen.

Ja, und? Das ist hier doch überall so.

Weißt du überhaupt, wo wir hingehen?

Aber ja doch.

Bevor wir reingehen, liest du die Speisekarte.

Wollen wir da hinein, oder gehen wir in das andere?, fragst du.

Ich hab Hunger, wir gehen in dieses! Ich verdrehe die Augen und lasse dich stehen.

Das merke ich, sagst du und kommst schnell hinterher, weil es dir unangenehm ist, wenn andere Leute unseren Streit bemerken.

Wir bekommen einen Tisch in der Mitte. Du redest kurz mit dem Kellner, bestimmt willst du einen besseren Platz, doch du hast keinen Erfolg. Ich bin ganz froh, dass wir jetzt nicht den Tisch wechseln müssen. Wenn wir uns irgendwo hinsetzen, musst du immer den Tisch wechseln. Einmal ist er nicht schön genug, ein andermal zieht es, dann wieder sind wir zu nah an den Toiletten oder zu nah am Eingang, zu nah an der Küche. Meistens lache ich dich aus, sage: Du bist so kompliziert. Wann bist du nur so geworden?

Früher hast du mich überrascht an unserem ersten oder letzten Abend. Da ist ein Kellner mit einer Blume gekommen oder hat mir eine Pizza in Herzform gebracht. Du hast dir immer etwas einfallen lassen, und alle im Restaurant haben zu uns geschaut, mich verträumt angelächelt, in Erinnerung an ihre eigene Verliebtheit.

Jetzt bist du in die Speisekarte vertieft. Du wirst ein großes Bier und eine Diavola bestellen, wie immer. Zuerst musst du dir aber die gesamte Karte ansehen und minutenlang überlegen, was du nehmen könntest.

Der Kellner nimmt die Bestellung auf. Nur wenige Worte und ein paar gezielte Scherze, schon hast du seine Sympathie gewonnen. Ich verstehe nicht, warum du ständig mit anderen redest musst. Überall, wo wir hingehen, redest du: mit den Kellnern, den Bademeistern, den Supermarktverkäufern, den Busfahrern, den Passanten. Immer hast du einen Satz parat, als wäre ich dir nicht genug.

Als der Kellner lachend gegangen ist, sind nur noch wir zwei. Du beobachtest die anderen Gäste.

Nett ist es hier, sage ich.

Du ziehst die Augenbraue hoch.

Hauptsache Theater, sagst du.

Ich würde dir gerne sagen, dass es nicht darum geht, ein Theater zu machen oder nicht, sondern darum, dass wir stundenlang laufen müssen, obwohl gleich neben dem Hotel ein Restaurant wäre, das genauso nett und genauso gut wie dieses hier ist. Aber ich sage es nicht, weil ich mir einen schönen Abend mit dir wünsche.

Ich liebe dich, sage ich deshalb.

Du lachst wieder, und dabei denke ich mir, dass du sehr schöne Zähne hast. Sie sind ganz weiß und gerade, als wärst du ein Zahnpastamodel aus der Werbung.

Komm mit, sagst du nach dem Essen.

Ich folge dir, wir gehen an den Strand.

Es ist schon dunkel. Keine Menschen sind mehr dort. Der Sand ist kalt.

Du hast in der Pizzeria noch eine Flasche Wein gekauft. Wir setzen uns an den Strand und trinken den Wein aus der Flasche.

Ich möchte, dass du zu mir ziehst, sagst du.

Ich weiß, sage ich.

Aber ich weiß nicht, was ich dir sagen soll. Da zieht sich etwas in mir zusammen. Da engt sich etwas ein in meiner Brust.

Müssen wir das jetzt entscheiden.

Ich will wissen, wo wir stehen.

Ich schaue aufs Meer. Die weiße Gischt leuchtet im Mondlicht. Die Wellen schlagen gegen die Felsen. Das Wasser kommt immer näher. Das Rauschen wird lauter, so laut, dass es fast deine Stimme verschluckt.

Wir sitzen auf der Hotelterrasse. Auf deinem Teller dasselbe wie immer: eine Semmel, eine Scheibe Schwarzbrot, ein Päckchen Butter, zwei Marmeladen. Erdbeere und Kirsche. Dazu eine Schale mit Müsli, zwei Löffel Naturjogurt und ein Löffel Honig.

Es gibt auch Wassermelone, sage ich.

Hab ich gesehen.

Willst du den Käse probieren?

Ich mag nichts Salziges.

Du beißt in deine Semmel, aber du schaust mich nicht an. Du hast die Zeitung neben dir aufgeschlagen und liest einen Artikel über die Jugendarbeitslosigkeit in Italien.

Ich drehe mich zur Seite, damit ich das Meer sehe. Am

Strand ist wenig los, die Sonnenschirme flattern im Wind. Sie sind dicht nebeneinander aufgestellt und noch nicht alle aufgespannt. Neben unseren stehen lange Reihen mit blauen Schirmen. Rechts davon gelbe. Noch weiter daneben grüne, die wohl weiß gestreift sind, doch das Muster kann ich schon nicht mehr erkennen. Die meisten Hotelgäste gehen vor dem Frühstück zum Strand und legen ihre Handtücher über die Liegen in den ersten Reihen. Ich würde das auch gerne machen, weil wir immer ganz hinten liegen, doch dir ist das unangenehm. Ich bin kein Tourist, sagst du dann. Aber du bist ein Tourist, sage ich. Deshalb frage ich dich gar nicht erst und schaue dabei zu, wie die anderen sich die Plätze reservieren.

Es rauscht unter uns, aber weit entfernt, und das Rauschen ist kaum zu hören, weil die Hotelgäste, Bayern und Holländer, sich lauthals über die Tagesplanung unterhalten.

Du faltest die Zeitung vorsichtig zusammen, genauso, wie sie gewesen ist. Du kannst es nicht ausstehen, wie ich die Zeitung zusammenfalte, weil ich sie immer irgendwie falte, die Faltlinien nicht einhalte, die Rubriken vertausche.

Du schnaufst, nimmst einen Schluck von deinem Kaffee.

Gehen wir, sage ich.

Du schnaufst ein weiteres Mal.

Wann ziehst du zu mir?

Wir haben das doch besprochen.

Haben wir?

Du schaust auf deine Hände, nicht zu mir. Ich will etwas sagen, schaue dir zu, wie du nach Worten suchst.

Gehen wir endlich, sage ich.

Du liegst auf dem Rücken, ich auf dem Bauch. Wir bräunen uns gleichmäßig. Vormittags eine Seite, nachmittags die andere. Ich schmiere mich mit Sonnencreme ein und verteile sie umständlich auf dem Rücken. Ich stelle mir vor, wie das ist, bei dir zu leben. Ich sehe das Haus vor mir. Es ist groß und hat einen Garten mit Kirschbaum. Ich gehe zur Tür und sperre auf. Ich gehe hinein, die Treppen hinauf zu unserer Wohnung. Ich höre den Fernseher deiner Mutter. Sie ruft nach mir, aber ich antworte nicht, gehe schnell und auf Zehenspitzen weiter, damit sie meine Schritte nicht hören kann. Ich sperre die Wohnungstür auf. Du bist nicht da. Ich setze mich auf das Sofa. Es ist blau und sieht aus wie eines dieser Sofas, die man sich als Gesamteinrichtung eines Wohnzimmers im Katalog bestellen kann – weil wir genau das gemacht haben. Deine Mutter hat es bezahlt. Die Kästen im gleichen Farbton. Selbst die Vorhänge passen zur Einrichtung und zum Teppich. Ich höre den dumpfen Ton ihres Fernsehers.

Ich drehe mich um, öffne die Augen und blinzle in die Sonne. Du schläfst immer noch, machst überhaupt nichts anderes als schlafen, seit wir hier angekommen sind. Du bist müde und gestresst von der Arbeit. Die letzten Monate hast du fast nur noch gearbeitet. Ich beobachte dich, wie dein Körper sich leicht auf und ab bewegt. Dein Gesicht ist entspannt. Deine Haare mit Salz und Sand verkrustet. Du siehst irgendwie sorglos aus, aber ich weiß, dass dir das nicht aus dem Kopf geht. Und dass wir noch lange dieselben Gespräche führen werden, bis ich Ja sage, meine Sachen in Kisten und Koffer verstaue und in deiner Wohnung stehe. Ich habe mich oft gefragt, warum ich keine Familie mit Häusern und Wohnungen habe. Neidvoll habe ich auf die geschaut, die in ihre großen renovierten Häuser gezogen sind, mit Garten, Terrassen, modernen Küchen und riesigen Bädern. Jetzt wäre ich froh, wenn auch du so eine Familie wie ich hättest. Kein Geld. Kein Eigentum. Keine Verpflichtungen.

Ich setze mich auf. Ich streiche dir sanft über den Rücken. Du blinzelst in die Sonne. Vielleicht hast du es jetzt schon vergessen, vielleicht denkst du auch noch daran. Doch du wirst es heute nicht mehr zum Thema machen.

Na?, sagst du, willst du baden gehen?

Die meisten sind schon ins Hotelzimmer gegangen. Mittagessen. Oder Mittagsschlaf. Es ist schon eins, die heißeste Tageszeit. Du beginnst zu laufen. Ich laufe dir hinterher. Jeder Schritt brennt unter unseren Füßen. Du rufst, dass du schneller als ich bist, aber da laufe ich schon an dir vorbei. Ich war schon immer schneller als du, laufe mit großen Schritten ins Wasser, verliere den Halt und falle. Und du auf mich drauf.

Wir gehen zum Radverleih, um uns ein Tandem auszuborgen. Ein Mann mit weißen Haaren steht im Geschäft und wirkt etwas verloren.

Bicicletta, schreist du in den Laden hinein, weil das hier scheinbar so üblich ist. Ich schäme mich trotzdem für dich. Du fragst den Mann, wie das Geschäft läuft, ob dieses Jahr viele Leute hier sind. Ob er von diesem Verleih leben kann. Du fragst ihn, ob das stimmt. Das mit den Jugendlichen. Und ob die Leute hier wirklich so wenig Arbeit haben.

Unter Berlusconi ist es den Leuten doch besser ergangen, sagst du, vielleicht war es die falsche Entscheidung.

Der Mann schüttelt den Kopf. Du hast keine Ahnung, auch wenn du jeden Tag Zeitung liest. Du überfliegst die Schlagzeilen, und jeden Artikel liest du nur bis zur Hälfte. Du schnappst ein paar Wortfetzen in den Nachrichten auf und glaubst, dass du dich auskennst. Ich stehe neben dir und sehe zu, wie sich die Wörter aus deinem Mund herausschälen und vor dem Mann auf den Boden fallen wie dicke Speicheltropfen. Du sagst im Scherz sogar so etwas wie: Die Italiener haben keine Ahnung, was Arbeit ist.

Und dann lachst du, und der Mann lacht auch. Nur ich lache nicht. Es ist mir unangenehm, dass der Mann mich als deine Frau wahrnimmt. Wahrscheinlich denkt er, dass auch ich diese Sachen sagen würde, weil ich ja deine Frau bin und Frauen meist dieselbe Meinung wie ihre Männer haben. Ich trete beiseite, gehe ein paar Schritte zurück, bis ich weit entfernt von dir und von diesem Mann stehe. Ich schaue unbeteiligt auf die Fahrräder, auf die Tandems, die es für zwei, für drei, für vier und fünf Personen gibt. Sie haben alle dieselbe Farbe. Blau mit einem braunen Sattel.

Gehen wir, Schatz, rufst du.

Ich setze mich auf das Rad. Ich lächle dem Mann zu, der mir einen skeptischen Blick zurückwirft. Wir treten los, und ich winke.

Er winkt nicht zurück.

Aus dem Weg!, rufst du.

Wir fahren im Zickzack durch die Straßen und klingeln die Touristen aus dem Weg. Wir treten in die Pedale, als wären wir noch kleine Kinder und mit unseren Eltern auf Urlaub. Wir strampeln. Wir lachen. Wir schreien. Wir grölen und irgendwann beginnen wir zu singen: *Azzurro, il pomeriggio è troppo azzurro e lungo per me.*

Die Touristen springen beiseite, manche lachen mit uns, rufen uns nach, dass wir nicht so schnell fahren sollen, oder singen mit. *E allora io quasi quasi prendo il treno e vengo, vengo da te.* Eine Strophe und noch eine. Wir fahren an den Spielhallen und Souvenirshops vorbei. Die ganze Straße voller Lichter und Leuchtschriften. Und überall Musik. Gelächter. Stimmen. Das Klirren der Gläser. Spielautomaten. Du drehst dich um und küsst mich. Schau auf die Straße, schreie ich lachend, ich sehe doch nichts!

Du schneidest große Kurven, streckst deine Hand aus. Ein paar Kinder stehen am Rand und schlagen ein.

Du bist verrückt, schreie ich und gebe dir einen Klaps auf den Hintern.

Während wir in die Pedale treten und lachen, überfällt mich ein Glücksgefühl, dass ich es kaum aushalten kann, als würde ich zerplatzen vor Glück, auf der Stelle und hier. Ich weiß nicht, liegt es an dir, liegt es am Adrenalin, oder bin ich tatsächlich glücklich. Vielleicht gibt es im Leben nur wenige Momente, in denen man's spürt.

Ich liege am Strand, du auf dem Zimmer, weil du Sonnenbrand hast. Du bist leidend im Bett gelegen, als ich gegangen bin, hast deinen Rücken mit Dopo-Sole eingeschmiert und den Ventilator eingeschaltet. Ich habe die Tür hinter mir zugeknallt, weil du ständig Sonnenbrand hast und noch immer nicht gelernt hast, dich ordentlich einzucremen, dir endlich eine Sonnencreme mit hohem Schutzfaktor zu kaufen.

Ich bin nicht deine Mutter, habe ich gesagt, du bist doch kein Kind mehr.

Aber schon, als die Tür hinter mir zugefallen ist, habe ich meine Reaktion übertrieben gefunden, weil du mir ja auch ein wenig leidtust. Den Sonnenbrand hast du wahrscheinlich, weil ich gestern darauf bestanden habe, in der Mittagshitze am Strand zu bleiben. Wir liegen ohnehin nur nebeneinander und schwitzen, wechseln höchstens in den Aperol-Pausen ein paar Worte miteinander. Da könnte ich genauso gut allein am Strand liegen. Warum muss ich also die Tür zuknallen und meinen Ärger bei dir im Zimmer lassen?

Es gibt Tage, an denen machst du mich so wütend, dass ich die Wände rauf- und runterlaufen möchte. Und dann gibt es wieder diese Tage, an denen ich dich auffressen möchte, an denen mir meine Liebe so grenzenlos erscheint, dass sie auch für zwei reichen könnte. Ob es auch dir so geht und ob du dich auch manchmal fragst, sind das echte Gefühle oder nur noch Stimmungen, die uns von einem zum nächsten Tag treiben.

Ich spüre eine Hand auf dem Rücken. Du bist doch noch gekommen. Ich blinzle und sehe dein Gesicht verschwommen vor mir.

In den Händen hältst du eine kleine Papiertüte und zwei Plastikbecher mit Aperol Sprizz.

Postkarten, sagst du. Ich habe auch für dich welche gekauft. Willst du Jesolo bei Nacht. Jesolo bei Tag. Jesolo-Strand. Jesolo-Nachtleben. Eine nackte Frau. Jesolo in den Fünfzigerjahren. Oder einen Mops am Strand.

Die Postkarten haben überhaupt nichts mit unserem Urlaub zu tun. Ich nehme mir Jesolo in den Fünfzigern und den Mops.

Wir lehnen uns zurück, schlürfen an unseren Aperol-Strohhalmen und schreiben Urlaubsgrüße auf diese Postkarten, auf denen Jesolo viel schöner aussieht, als es ist.

Nicht, sagt ein Mädchen, das neben uns im Sand spielt, du machst das falsch.

Sie nimmt eine Schildkrötenform und füllt sie mit Sand, klopft ungeschickt, aber fest mit der Schaufel darauf.

So macht man das, sagt sie. Schau!

Der Junge staunt über den perfekt geformten Sandkuchen. Er reißt die Form an sich und versucht es auch. Er schlägt mit der Schaufel vorbei, der Sand fliegt durch die Luft.

Du bist so tollpatschig, sagt das Mädchen.

Wird unser Kind auch mal so süß sein?, fragst du.

Die Vorstellung, dass da ein Kind mit uns ist: Die Hände so klein, dass man sie zerdrücken könnte. Deine Augen. Meine Lippen. Deine Zähne. Meine Beine. Deine Nase. Meine Ohren. Und irgendwann auch unser Verhalten. Unsere Sprache. Wörter, die nur wir uns sagen, aus einem kleinen Mund. Und Mama. Und Papa. Obwohl wir uns nie so nennen würden.

Scheiße. Windeln. Schreie, sage ich. Aufstehen in der Nacht. Sonntags um sechs geweckt werden. Immer da sein müssen. Immer abhängig sein. Alle unsere Gespräche drehen sich dann nur mehr um Kinder und Kinderfutter und Babywindeln und Kinderzubehör. Willst du das wirklich?

Vielleicht kann man es ja zurückgeben.

Aber erst nach zwanzig Jahren.

Wir stehen an der Bar und trinken Mojitos, unsere Gläser voller Minze, der Alkohol steigt mir in den Kopf. Du rauchst eine nach der anderen, deine Stimme ist schon etwas gedämpft. Wir haben vier Mojitos getrunken, seit wir hier sind. Du wippst hin und her, drehst deinen Kopf im Kreis. Der Rhythmus kitzelt in deinen Füßen. Der laute Beat hämmert durch meinen Körper, die Musik ist so laut, dass wir uns die Sätze ins Ohr schreien müssen. Also stehen wir nebeneinander, schauen zur Tanzfläche und den anderen beim Tanzen zu. Langsam dringt der Rhythmus der Musik auch in meine Beine. Mambo No. 5. Blue (Da Ba Dee). Sex Bomb. We No Speak Americano. Wir kennen jedes Lied und singen mit. Wir schreien uns *bello e impossibile* entgegen. Und irgendwann Macarena. *They all want me, they can't have me.* Du ziehst mich auf die Tanzfläche. Wir machen Wellenbewegungen, wir klatschen in die Hände und hüpfen mit den Touristen in Vierteldrehungen im Kreis. Wir lachen, aber es ist anders, nicht so, wie ich es mir vorgestellt habe. Deine Blicke haften am Hintern einer anderen, mich suchen sie nicht. Ich wackle mit meinen Hüften, aber dezent, weil ich es seltsam finde, mit den Hüften zu wackeln, bei diesem Tanz macht man es so.

Ich rieche herbes Männerparfüm, das nicht deines ist. Der Mann ist groß und muskulös, sein T-Shirt spannt über der Brust. Er lächelt mir zu, fährt mit seinen Blicken meinen Körper entlang. Was er sieht, gefällt ihm. Nur ein Wort würde genügen, und er würde mich mitnehmen, hinaus zum Strand, der Sand würde sich unter unsere Kleidung schieben, doch das wäre uns egal. Dort gäbe es nur ihn und mich, der Sand würde sich nicht zwischen uns drängen.

Zwischen dir und mir gibt es immer noch andere Dinge. Ein Tisch. Ein Fernseher. Eine Zigarette. Ein Abendessen. Mein Alltag und dein Alltag. Es steht so viel zwischen uns, dass ich dich manchmal gar nicht mehr sehe. Und jetzt der Hintern dieser Frau.

Der Raum dreht sich, ich lasse meine Hüften kreisen, als hätte ich nie etwas anderes gemacht. Ich durchbohre den Mann mit meinen Blicken. Du bist weit von mir entfernt.

Die Mojitos werden kleiner und du immer betrunkener. Wir stehen wieder an der Bar. Du kommst näher zu mir, tanzt mich an, fährst mit deiner Hand meinen Rücken entlang und greifst in meine Hose. Deine Augen sind nur halb geöffnet und von roten Adern durchwandert. Du grinst, breit und gierig, wie du nur grinst, wenn du betrunken bist. Dein Atem klebt warm auf meiner Schulter und riecht nach Alkohol und Zigaretten. Du küsst mich und steckst deine Zunge weit in meinen Mund, als würdest du mich aufessen wollen. Ich denke an den Mann von vorhin, während ich versuche, deine Zunge zu bändigen, aber deine hat mehr Kraft, wälzt sich unkontrolliert hin und her, also lasse ich dich gewähren. Du schleckst meine Zähne ab, auch das machst du nur dann, wenn du betrunken bist.

Ich schiebe dich weg und wende mich ab, trinke meinen Mojito aus, der wie Minzsaft schmeckt, bestelle mir noch einen, mit mehr Rum. Ich lehne mich an die Theke und beobachte den Barkeeper dabei, wie er die Limetten zerdrückt. Du presst dein Becken an meinen Hintern.

Gehen wir nach Hause, sagst du.

Lass mich. Du bist betrunken.

Und du nicht?

Du presst dich noch näher an mich, greifst zwischen meine Beine, atmest in meinen Nacken. Ich möchte dich anschreien, aber ich sage nichts, stoße dich zurück und setze mich wieder auf den Barhocker. Ein Rosenverkäufer kommt zu uns, er hält dir seinen Strauß unter die Nase. Ich schüttle den Kopf. Belle rose, bella donna, sagt er. Du greifst nach deiner Geldtasche, streckst mir die Rose mit einem Grinsen entgegen, als wäre alles wieder gut. Ich nehme sie, die Dornen bohren sich in meine Handflächen. Ich beiße den Kopf der Rose ab und spucke ihn dir ins Gesicht.

Du behinderte Kuh, schreist du, du machst dich doch lächerlich.

Ich bestelle Tequila, trinke einen und noch einen.

Liegt dir überhaupt noch was an mir? Du packst mich am Arm. Sag schon, was soll das mit uns überhaupt noch. Du packst mich noch fester. Rede mit mir und hör auf, dich zu betrinken. Du nimmst mir den Tequila aus der Hand und trinkst ihn aus. Jetzt passt alles zusammen. Ich bin nur mehr ein Fußabtreter für dich. Deshalb willst du nie von Zukunft reden. Deshalb willst du nicht zu mir ziehen. Wo soll das denn hinführen mit uns, geh doch einfach, schreist du, wenn ich nur ein blödes Arschloch für dich bin.

Dass wir stillstehen, sagst du. Was das alles soll. Alles gefallen. Fundament aufbauen, höre ich noch, aber dann höre ich nur mehr die Gipsy Kings und *cuando sei maria dolores* und *baila baila baila baila baila baila baila me.* Ich nehme meinen Mojito, mit dem ich den Geschmack von Tequila hinunterspüle, laufe auf die Tanzfläche, stampfe laut auf den Boden, wackle mit meinen Hüften und mit meinen Schultern, das ganze Programm.

Als die Paare sich bei Bryan Adams zu eng umschlungenen Körpermassen formen, schaue ich zur Theke. Die meisten sind gegangen, der Barkeeper steht allein und trinkt einen Cocktail. Du bist verschwunden.

Ich leere meinen Mojito und gehe nach draußen. Du sitzt auf dem Gehsteig neben dem Eingang und rauchst, aber als du mich siehst, läufst du davon.

Bleib stehen, rufe ich. Ich komme mir vor, als wäre ich vierzehn und als hätten wir es nötig, in unserem Alter noch große Szenen auf der Straße zu machen. Wir sind doch erwachsen, möchte ich schreien und dass du es bist, der sich hier lächerlich benimmt, dass ich keine Lust mehr habe, auf dich, auf uns, dass ich am liebsten sofort in ein Auto steigen und nach Hause fahren möchte.

Als ich dich einhole, halte ich dich am Arm zurück. Dabei drücke ich ihn etwas zu fest, sodass du noch wütender wirst. Du schubst mich weg und gehst weiter, noch schneller, wankst dabei hin und her.

Warum machst du das? Meine Stimme klingt weinerlich, fast wie damals, als wir sechzehn waren und unseren ersten Streit hatten. Ein paar Jugendliche, die vor einem Lokal stehen, schauen zu uns, lachen und zeigen mit dem Finger auf mich. Tränen laufen mein Gesicht hinunter, die Mojitos und Tequilas haben jede Hemmschwelle abgebaut. Die Wimperntusche hat sich über mein ganzes Gesicht, auf den Wangen, auf der Nase, verteilt.

Hör endlich auf, schreie ich, aber du hörst nicht auf, du sagst nichts, du schaust mich auch nicht an, als wäre es dir wirklich egal, wenn ich jetzt einfach verschwinden und nicht wieder zurückkommen würde. Immer noch gehe ich dicht hinter dir her, versuche wieder und wieder, deinen Arm zu fassen, bis ich irgendwann zu laufen beginne, mich vor dich hinstelle, dich nicht weitergehen lasse und dich gewaltsam umarme, dich festhalte, obwohl du versuchst, dich von mir zu lösen, und so lange umarme, bis du mich zurückumarmst, auch wenn ich merke, dass du es nicht so meinst.

Es tut mir leid, sage ich.

Aber ich weiß nicht, was mir leidtun soll daran. Weil ich eigentlich sagen möchte, dass ich genug habe von dir, für heute und vielleicht für länger oder auch für immer.

Aber ich will gemeinsam mit dir nach Hause gehen. Es ist doch unser letzter Abend.

Ist schon o.k., sagst du.

Im Hotel stolpern wir ins Zimmer und legen uns in das Bett. Du ziehst mich aus, mein T-Shirt, meine Hose, meinen Slip. Ich bin müde und möchte die Augen schließen, deine Hand tastet umständlich über meinen nackten Körper. Zuerst knetest du meine Brüste, dann fährst du mit deiner Zunge an meinen Beinen entlang. Ich fühle nichts, nur eine nasse Zunge, die kreisförmige Bewegungen macht. Du ziehst deine Hose aus, weil du glaubst, dass du deinen Teil erledigt hast. Du nimmst deinen Penis in die Hand, massierst ihn, bis er steif ist, und dringst in mich ein, aber noch immer spüre ich nichts, nur einen dumpfen Schmerz und deine langsamen Bewegungen, die immer schneller werden. Ich höre dich atmen und, lauter, ein Stöhnen, das sich anhört wie das eines Tieres. Als würdest du dich abarbeiten an mir. Du wirst schneller und schneller, noch immer bemerkst du nicht, dass ich reglos unter dir liege, und so schnell irgendwann, dass es mir wirklich so vorkommt, als wärst du ein Tier, ein kleines vielleicht, ein Kaninchen.

Als du zu einem Ende gelangt bist, legst du deinen verschwitzten Kopf zwischen meine Brüste, ein zufriedenes Grinsen huscht über dein Gesicht, während ich spüre, wie dein Sperma in mich hineinfließt, wie eine Wärme sich ausbreitet in mir, die aber nicht nach oben bis zu meinem

Herz gelangt, sondern gleich wieder abfällt von mir, als dein Penis aus mir herausrutscht. Dein Atem wird langsamer und tiefer, bis er in ein leises Schnarchen übergeht.

Als es draußen langsam hell wird und die Vögel mit ihrem unerträglichen Gezwitscher beginnen, schiebe ich dich von mir, in der Hoffnung, dich zu wecken. Du schläfst so tief, dass ich schreien könnte, trotzdem würdest du nicht aufwachen. Dein Mund ist geöffnet, dein Gesicht so entspannt, dass alle kleinen Falten verschwunden sind. Wenn du schläfst, siehst du aus wie ein kleines Kind.

Ich öffne die Tür zum Balkon. Die Luft riecht nach Salz und feuchten Handtüchern. Das Meer wirft sich in Wellen an den Strand, als würde ein Bagger Kies aufschütten. Am Horizont sehe ich einen Lichtstreifen, der sich im Meer spiegelt, zuerst gelb, dann orange, rosa und rot. Der Himmel schimmert in allen Farben, während die Sonne, ein kleiner Ball, sich nach oben kämpft.

Du hast mir versprochen, dass wir gemeinsam zum Strand gehen. Dass wir uns den Sonnenaufgang ansehen. Dieses Mal sicher, hast du gesagt. Auch dieses Mal haben wir jeden Tag eine andere Ausrede gefunden. Ich wollte den unberührten Sand unter meinen Füßen spüren und die Kälte des frühen Meeres. Die ersten Muscheln wollte ich sehen, die am Strand liegen, und niemand sonst, der mit uns ist.

Wahrscheinlich würden wir es überhaupt nicht aushalten. Dass da sonst nichts wäre außer uns und dem Meer.

I

Unser Hotel. In Quer- und in Hochformat. Unsere Dusche. Unser Bett. Unser Strand. Sonnenschirme. Eine Kokosnuss. Mein Hintern. Georg, was hast du alles fotografiert?

Ich habe sogar ein Video von dir gemacht, rufst du aus der Küche.

Lukas und Marlene lachen. Ich erzähle also weiter, während auf dem Bildschirm Fotos von unserem Essen zu sehen sind: Spaghetti mit Vongole, eine Pizza Diavola. Ich wechsle schnell von einem zum nächsten Bild. Wir auf dem Tandem. Du mit einem Eisbecher. Du eingegraben im Sand. Ich auf der Luftmatratze. Die Aussicht vom Balkon auf den Strand. Dein rotes Gesicht. Du mit dem Bademeister und einem Rettungsring im Arm.

Georg hatte wieder einmal Sonnenbrand, sage ich. Wie ein trotziges Kind ist er im Zimmer gelegen.

Erzähl keinen Blödsinn, rufst du aus der Küche.

Beim Radverleih hat er sich mit einem Einheimischen angelegt und gesagt, Berlusconi wäre die bessere Wahl gewesen. Der hat uns ganz böse angeschaut, als wir gefahren sind. Und in der Pizzeria hat er sich aufgespielt, als wäre er einer von dort. Ich übertreibe an manchen Stellen, spitze die Geschichten noch ein wenig zu.

Was bist du nur für ein Tourist, ruft Marlene.

Während wir über dich lachen, höre ich es aus der Küche klappern. Du ärgerst dich wahrscheinlich über mich. Später wirst du wieder sagen, dass ich mich immer über dich lustig mache und die anderen auf deine Kosten amüsiere.

Schatz, rufst du aus der Küche, hilf mir mal. Dein Gesicht hat sich verfinstert, deine Stirn sich in Falten gelegt. Hör endlich auf, mich schlechtzumachen.

Was kann ich dafür, wenn du die Wahrheit nicht verträgst.

Die Wahrheit? Ich möchte dich mal sehen, wie du reagierst, wenn ich mit deinen Freunden in der Küche sitze und mich über dich lustig mache, während du für uns kochst. Aber du verstehst es einfach nicht. Nimm die zwei Teller, den Rest nehme ich.

Ich trage die Teller nach draußen. Du hinter mir. Ich setze ein Lächeln auf.

Lasst es euch schmecken, sage ich.

Du könntest auch mal für mich kochen, sagt Marlene.

Du kochst ja auch nie für mich, sagt Lukas.

Marlene verdreht die Augen, beugt sich über den Fisch und atmet tief ein. Das riecht fantastisch. Wirst du immer so verwöhnt? Du hast ja Glück.

Das hab ich.

Ihr solltet ein Restaurant aufmachen, sagt Marlene.

Und was mache ich?

Du bist die Chefin, sagt Lukas. Du musst überhaupt nichts machen. Kommandieren und organisieren, das kannst du doch.

Ich nehme den Salzstreuer und die Pfeffermühle, würze den Fisch nach, weil ich weiß, dass du das nicht ausstehen kannst.

Du legst dein Besteck auf die Seite und schaust mich an, aber ich ignoriere dich. Du ruinierst ihn, sagst du. Ich nehme mein Weinglas in die Hand, sage, auf uns, und lächle dich an.

Wir übertrumpfen uns mit Geschichten, die jetzt lustig sind, aber im Urlaub selbst nicht zum Lachen waren. Ich erzähle jedes Detail, wiederhole mich und ziehe das Gespräch in die Länge, denn sobald wir das Thema wechseln, sprechen wir nur mehr über Bausparverträge. Wohnbauförderung. Häuser. Eigentumswohnungen. Kredite und Leasing.

Während wir reden und lachen, legt Lukas seinen Arm um Marlene, sie schmiegt ihren Kopf an seinen Oberkörper. Auch du legst deinen Arm um mich, dein Zorn ist wieder verflogen, und ich lehne den Kopf an deine Brust. Wir sitzen uns schräg gegenüber. Fast sind die beiden ein Spiegelbild unserer selbst. Aber sie wirken irgendwie unbeschwerter, liebevoller miteinander. Und wir zwei wie die Fassade eines glücklichen Paares.

Seid ihr immer im selben Hotel, fragt Marlene.

Ja, sage ich, warum nicht. Ihre Stimme hat diesen Unterton, der eigentlich meint: Wie kann man nur. Ständig vergleichen sie und sagen, dass das Meer in der Toscana viel schöner ist, die Landschaft, die Pinienwälder. Dass die Strände von Jesolo mit denen von Bali nicht vergleichbar sind. Wenn wir erzählen, dass viele Touristen dort waren, sagen sie, dass in Griechenland nicht so viele Touristen sind. Dass sie sich immer Orte aussuchen, die abseits liegen. Wenn wir erzählen, dass das Essen teuer war, sagen sie gleich, dass in Kroatien das Essen so gut wie in Italien, nur viel günstiger ist. Immer haben sie uns gleich den passenden Urlaub entgegenzusetzen.

Fliegt doch einmal weg, sagt Marlene.

Ihr wart doch schon so oft an demselben Ort, sagt Lukas.

An mir liegt es nicht, sage ich. Georg will immer nach Jesolo fahren.

Weil ich sparen will, sagst du, für die Renovierung. Warum müssen wir so weit fahren, wenn wir in drei Stunden am Meer sind. Fahr ruhig, du kannst ja ohne mich fahren.

Immer diese Wohnung.

Ja genau. Immer diese Wohnung. So ist das, wenn man eine Familie aufbauen will.

Wollt ihr noch ein Glas Wein, sage ich.

Wir bekommen die Wohnbauförderung, sagt Marlene, jetzt können wir anfangen.

Das ist großartig, sagst du, habt ihr einen Architekten?

Es ist alles schon so teuer, das können wir uns nicht leisten.

Ich könnte euch einen guten Preis machen. Die Pläne kann ich zeichnen, dafür braucht ihr keinen Architekten.

Marlene sieht sich den ganzen Tag Wohnungen an, sagt Lukas.

Schauen kann man ja, sagt Marlene, man könnte so tolle Sachen machen, wenn man Geld hätte. Allein die Fenster kosten ein Vermögen.

Keine Sorge, sagt Lukas, es wird auch so schön werden. Und warum wollt ihr nicht zusammenziehen?

Das darfst du nicht mich fragen, sagst du.

Können wir bitte über etwas anderes reden, sage ich.

Nein, wieso sollten wir? Marlene weiß doch sowieso alles. Sag du ihnen, warum wir nicht zusammenwohnen.

Es ist doch gut so, wie es ist.

Was ändert es denn, sagst du und stehst vom Tisch auf, dein Gesicht ist rot angelaufen, du hältst dich an der Stuhllehne fest, in deinen Augen schon wieder diese Wut. Was sagt ihr dazu? Wie war denn das bei euch. Hat Marlene auch so lange gezögert, bis sie zu dir gezogen ist.

Lukas räuspert sich. Wir mischen uns nicht ein, ich wollte nichts Falsches sagen.

Hör auf, Georg, lass uns später darüber reden.

Später, später, irgendwann, ich kann es schon nicht mehr hören.

Als sie gegangen sind, räume ich die Gläser weg, während du die Pfannen und Töpfe abspülst. Eine Stille streift durch die Räume der Wohnung und wird so laut, dass ich sie durchbrechen möchte. Ich weiß nicht, was ich sagen, was ich tun könnte, damit es aufhört. Dein Rücken baut sich wie eine Mauer vor mir auf. Kein Wort passt zwischen uns. Ich höre das Rauschen des Wassers und das Klappern der Töpfe.

Mit Marlene und Lukas sind die Stimmen und die Wärme aus der Wohnung gewichen, und zurück geblieben sind nur wir. Ich starre in deinen Rücken, beobachte jede deiner Bewegungen. Ich warte darauf, dass du etwas sagst, was uns wieder herausholt aus diesem Schweigen, das sich immer wieder und so plötzlich über uns legt, doch du bemerkst mich gar nicht. Erst als ich an eine Schublade stoße, drehst du dich zu mir.

Ist was, sagst du.

Seit ich denken kann, gibt es immer nur uns. Immer nur mich zusammen mit dir. Wenn du nicht da bist, fragen mich die anderen zuerst, wo du bist, und erst dann, wie es mir geht. Georg und Andi. Bei jedem wichtigen Schritt in meinem Leben warst auch du mit dabei. Meine erste Wohnung. Der Schulabschluss. Die erste Reise. Der erste Job. Wir haben uns küssen und lieben gelernt. Wir waren Kinder, als wir uns verliebten, und sind Erwachsene geworden. Wir kennen uns so gut wie niemand sonst. Jede Regung in deinem Gesicht, jeder Wechsel deiner Stimmlage, jede Stelle deines Körpers ist mir vertraut. Doch zwischen uns hat sich etwas verschoben. Etwas ist abhandengekommen. Und die Momente, in denen wir uns schweigsam gegenüberstehen, als wären wir Fremde, werden mehr.

Als ich mich zu dir ins Bett lege, bewegst du dich nicht, sagst kein Wort. Du bist wach, das weiß ich, tust, als ob du schlafen würdest, damit wir nicht reden müssen. Ich höre deinen Atem, der den gesamten Raum einnimmt und das einzige Zeichen dafür ist, dass du hier bist. Ich lege mich nicht an deinen Rücken, sondern an den äußersten Rand meines Bettes, das schon vor Monaten viel zu klein geworden ist. Seit Jesolo kommt es mir vor, als wäre es noch kleiner geworden. Ich spüre deine Wärme nicht, nur die kalte Wand, die sich an meine Schulter presst. Ich bewege mich nicht und atme leise. Ich liege starr, als wäre ein wildes Tier neben mir, und weine, unterdrücke das Schluchzen, damit du mich nicht hörst. Ich sehe dich an. Von draußen dringt das Mondlicht ins Schlafzimmer und hinterlässt einen Lichtfilm auf deinem Gesicht.

Ich sitze an meinem Schreibtisch, wo bereits Berge von Arbeit auf mich warten, lasse Texte und Bilder hin und her wandern. Ich verschiebe das Hotel von oben wieder nach unten, wechsle die Schriftarten, ändere die Farben. Blau. Orange. Grün. Türkis. Nichts passt zusammen. Ich wechsle die Seite. Links: ein glückliches Paar. Sie huckepack auf seinen Schultern, er stützt sie an den Oberschenkeln und lacht. Rechts: Das Leben ist zu kurz, um lange Wege zu gehen. Die Schönheiten der Natur auf Augenhöhe und das Glück zum Greifen nahe. Ich vergrößere »kurz« und »lange« und wechsle auf die nächste Seite. Eine Frau hängt einen Herzluftballon um den großen Zeh ihres Mannes, der im Bett liegt und schläft. Sie trägt ein rosarotes Seidenkleid und einen Ehering an ihrem Finger. Wenn das Herz übergeht, bleibt kein Auge trocken. Ich suche in der Bilddatenbank nach einem passenden Herz, um den Text zu illustrieren. Lachende Herzen, strahlende Paare und Mütter, lachende Kinder. Herzen aus Rosen. Rosen aus Herzen. Eine Hand in Herzform auf einem schwangeren Bauch. Der ganze Bildschirm leuchtet in rosa und roten Farbtönen. Ich schließe die Seite und gehe in die Büroküche.

Du bist so still, sagt Sandra.

Ich hab viel zu tun.

Ich zünde mir eine Zigarette an und schalte die Kaffeemaschine ein, damit wir uns nicht unterhalten können.

Ich stehe vor dem Spiegel. Ich schaue in meine Augen und versuche, jeden Ausdruck aus meinem Gesicht zu tilgen. Keine Sorge. Keine Wut. Keine Neugier. Keine Trauer oder Freude. Kein Zweifel. Keine Skepsis. Ich versuche, die Anspannung zu lösen, die Falten auf der Stirn verschwinden zu lassen. Ich sehe: zwei Augen, die mich ansehen, die Pupillen, dunkel und schwarz, wie zwei kleine

Planeten, die von einer feurigen Sphäre umgeben sind. Das Universum: erdig und gesprenkelt. Die Haut: hell und glatt, mit kleinen Sommersprossen. Meine Lippen, zartrosa und nach oben geschwungen, die Unterlippe etwas zu dick, mit einer kleinen Narbe aus meiner Kindheit. Die Zähne ein wenig zu kantig. Die Nasenlöcher etwas zu groß, die Wangen etwas zu voll, die Stirn etwas zu hoch. Die Ohren stehen ein klein wenig zu weit ab, und eine dünne Narbe zieht sich schief über die Stirn. Ich untersuche jedes Detail in meinem Gesicht. Die einzelnen Bausteine kenne ich gut, trotzdem ist mir mein Gesicht als Gesamtes seltsam fremd. Und ich versuche, mich zu sehen, in mich hineinzusehen, aber ich bin nur eine glatte Oberfläche in einem Spiegel.

Ich stelle mir vor: Wir haben zwei Kinder. Einen Jungen. Ein Mädchen. Wir haben unser eigenes Haus gebaut. Eines mit Terrasse. Mit Garten. Mit einer blauen Eingangstür und weißen Verzierungen darauf, mit Zypressen im Garten und einem Zitronenbaum im Wohnzimmer. Ich stelle mir vor: Ich lebe allein in einer Wohnung in Madrid. Die Wohnung ist klein wie eine Schuhschachtel. Ich mache was mit Kunst und habe Ausstellungen in kleinen Galerien. Ich stelle mir vor: Du verlässt mich. Ich schlage die Tür hinter dir zu, als du aus meinem Leben verschwindest. Wenn wir uns auf der Straße sehen, grüßen wir uns flüchtig, aber jeder hat sein eigenes Leben, über das er nicht sprechen möchte. Ich stelle mir vor: Ich lasse alles hier und reise ein halbes Jahr um die Welt. Ich stelle mir vor: Du heiratest eine andere Frau. Ich sehe das Bild eurer Hochzeit in der Zeitung. Ihr passt gut zueinander und seht fast aus wie Geschwister. Ich stelle mir vor: Wir ziehen nach Spanien und wohnen in einem Haus am Meer. Ich stelle mir vor: Ich werfe alle deine Sachen aus dem Fenster. Ich stelle mir vor: Wir sind sechzig, deine Eltern gestorben, unsere Kinder ausgezogen. Wir wohnen allein in deinem Elternhaus und haben uns nichts mehr zu sagen. Ich stelle mir vor: Ich schlafe mit einem anderen Mann auf unserem Küchentisch. Ich stelle mir vor: Ich schlafe mit einer Frau. Ich stelle mir vor: Ich finde dich tot in unserem Ehebett.

Ich liege im Bett, als du nach Hause kommst. Du drehst den Schlüssel leise im Schloss, bewegst dich vorsichtig durch die Wohnung. Ich höre dich im Bad, wie du die Zähne putzt, alle Lichter wieder ausschaltest und langsam zu mir kommst. Der Boden knarrt unter deinen Schritten. In meiner Brust eine Enge, als würde mich etwas einschnüren. Du legst dich ins Bett. Ich atme tief und gleichmäßig. Du siehst mich an, beobachtest mich, wie ich schlafe. Vielleicht fragst du dich, was in mir vorgeht. Vielleicht wartest du auch nur darauf, dass ich aufwache, damit ich sehe, dass du noch festhältst an unserer Beziehung, dass du daran arbeitest oder zumindest unseren Alltag aufrechterhältst. Dass du dich an unsere Abmachungen hältst. Drei Nächte bei mir und vier Nächte bei dir.

Ich möchte etwas sagen, doch die Wörter bleiben in meinem Hals stecken und formen sich zu einem Klumpen, der sich schwer macht und weiter nach unten sinkt, mir gegen meine Brust drückt. Es gibt nichts, was ich dir sagen könnte, nichts, was etwas ändern, diese Sprachlosigkeit zwischen uns aufheben könnte und alles normal werden ließe. Wir drehen uns im Kreis. Immer wieder von Neuem. Bis einer aufgibt. Bis einer geht. Ich würde dich gerne in den Arm nehmen. Ich würde gerne sagen: Alles wird gut. Aber wird alles gut zwischen uns?

Du bist länger im Büro als sonst. Auch ich habe viel zu tun, komme nie vor acht nach Hause, eine Abgabe jagt die andere. Die Kunden sitzen mir im Nacken. Abends gehe ich mit Marlene ins Kino oder ins Restaurant, manchmal mit Sandra in die Weinbar. Unsere Gespräche beschränken sich auf: Wann kommst du heute nach Hause? Hast du schon etwas gegessen? Soll ich heute zu dir kommen? Abends liegen wir dann still im Schlafzimmer. Immer ist einer vor dem anderen eingeschlafen.

Wir sitzen in der Gaststube. Du neben mir. Deine Mutter. Dein Vater. Dein Bruder und seine Verlobte. Wir haben Geschenke mitgebracht. Eine Weinflasche, die sehr teuer war. Ein großes Weinglas, in dem wir eine 60 eingraviert haben. Jeder hat seine Rolle eingenommen: deine Mutter ganz außen, Daniel und Anna in der Mitte, um die Aufmerksamkeit deines Vaters buhlend.

Wir feiern wieder einen Geburtstag, der sich nicht wesentlich von den anderen Geburtstagen unterscheidet, auch wenn er rund ist. Er soll was Besonderes sein, also sitzen wir feierlich um den Tisch. Jeder hat sich bei der Auswahl der Geschenke Mühe gegeben. Wir reden über das Wetter, über das Essen, über neue Gerüchte aus der Umgebung. Wer heiraten wird. Wer Haus baut. Wer schwanger ist.

Du sitzt wie immer neben deinem Vater. Die gleiche Statur, die gleiche Art zu reden. Die gleiche Haltung beim Essen. Er kaut mit offenem Mund, so wie du, und auch wenn ich dir sage, dass ich das nicht ausstehen kann, schon gar nicht, wenn ich dich kauen höre, machst du es immer wieder. Je älter du wirst, desto mehr willst du sein wie dein Vater. Du kleidest dich sogar schon wie er, etwas moderner, aber deine Hosen haben denselben Grauton und ein hellblaues Hemd dazu, obwohl du nie Hemden getragen hast.

Daniel und Anna haben wie immer ein teures Geschenk gekauft, um zu zeigen, dass sie es sich leisten können.

Du weißt, was mir gefällt, sagt dein Vater, als er alle Geschenke geöffnet hat. Er lacht, seine Augen glänzen. Zu den anderen Geschenken sagt er nichts.

Du bist gut gelaunt wie lange nicht und legst deinen Arm um meine Schultern. Wenn wir mit deiner Familie zusammen sind, bist du anders als sonst. Dann redest auch du von Belanglosigkeiten, sprichst lauter als sonst, machst einen Witz nach dem anderen. Im Auto haben wir wenig miteinander geredet, nur diese Dinge, die man zueinander sagt, wenn man gemeinsam irgendwohin fährt, und dazwischen viel Stille und Gedanken, die keiner ausspricht. Und jetzt redest du zwar mit mir, aber nicht direkt, sondern immer über die anderen mit mir, du stellst mir Fragen, aber nur so, dass auch die anderen sie hören, küsst meine Wange, damit die anderen sehen, dass wir glücklich sind, dass wir noch immer dieses Vorzeigepaar sind, das sie sehen wollen. Also lächle ich, aber dich lächle ich nicht an, und ich antworte, beteilige mich an den Gesprächen, aber rede genauso wenig mit dir, sondern immer nur über die anderen.

Die Gespräche verlaufen in zwei Bahnen. Dein Vater redet mit dir und Daniel über die Wohnung, während deine Mutter mit Anna über das Hochzeitskleid und die Sitzordnung spricht. Ich sitze genau dazwischen und kann mich nicht entscheiden, wem ich zuhören soll. Sie sagt: bei unserer Hochzeit. Oder: Wir hatten das so. Ich drehe mich zu deinem Vater, gerade höre ich noch, wie er sagt: Wir müssten die Wände abtragen. Ich erinnere mich an ein Bild. Wie ich genauso im Gasthaus sitze, aber mit anderen Menschen, bei irgendeinem Geburtstag, war es der meiner Mutter? Wie ich so viele Rosen in der Hand halte, dass ich sie kaum tragen kann. Die Dornen stechen in meine Hand. Fast hätte ich sie fallen lassen. Ein Lächeln auf einem Gesicht. Aber war es das meiner Mutter, oder war es nicht doch jemand anders? Die laute Stimme deiner Mutter holt mich wieder zurück: Andi, was sagst du: Lavendel oder Rosen?

Bei deiner Familie dauert es nie lange, bis sie wieder von den gleichen Dingen anfangen. Es geht immer nur darum, wie es zu sein hat oder was man anders machen müsste. Je durchschnittlicher man ist, desto sympathischer, je besser man in die Norm passt, desto erfolgreicher, je weniger man auffällt, desto erwachsener. Das Hochzeitskleid von Anna muss unbedingt weiß sein. Eure Großtante muss unbedingt eingeladen werden. Die Band muss auf jeden Fall bekannte Lieder spielen, damit auch die älteren Gäste tanzen. Und dann wandert das Gespräch verlässlich zu uns.

Bekommt ihr denn gar keine Lust aufs Heiraten, sagt dein Vater, auf Kinder? Jetzt ist es doch an der Zeit. So jung seid ihr auch nicht mehr.

Wir wären so gerne Opa und Oma, sagt deine Mutter.

Lasst sie doch, sagt Daniel.

Ihr könntet wenigstens zusammenziehen, sagt deine Mutter, ihr seid doch schon so lange zusammen.

Sie schauen zuerst dich an, ihre Blicke ein kleiner Wortwechsel, und dann mich. Ihr habt schon oft darüber gesprochen, und bei jeder Gelegenheit versucht ihr, mich umzustimmen. Und sobald ich dann wieder mit deiner Mutter allein bin, sagt sie, dass ich zu euch ziehen soll, dass die Wohnung doch viel größer wäre bei euch, dass man sich doch einmal etwas aufbauen muss. Eine Basis. Ich sehe euch vor mir, wie ihr euch beratet, wie deine Mutter zu dir sagt: Ich rede mit ihr. Als ob es sich leichter spricht von Frau zu Frau. Als ob es irgendetwas ändern würde, wenn deine Mutter mit mir spricht, als ob sie einen Aspekt hinzufügen könnte, den ich bisher übersehen habe, das letzte schlagende Argument, weshalb ich mich dafür entscheiden könnte.

Diese Unentschlossenheit, sagt deine Mutter, ich versteh es einfach nicht. Irgendwann muss man sich dem Ernst des Lebens stellen.

In eurem Alter waren wir schon lange verheiratet, sagt dein Vater, haben Haus gebaut, Kinder bekommen. Seht euch Anna und Daniel an, die sind jünger als ihr und heiraten schon. Was ist schon dabei, miteinander zu wohnen, ihr seid doch schon ewig zusammen.

Kann das bitte unser Problem sein?, sage ich.

Ich sag ja nur, eure Beziehung muss sich doch weiterentwickeln. Irgendwann wird deine biologische Uhr auch nicht mehr mitspielen, und dann ist es zu spät. Jetzt seid ihr im richtigen Alter. Irgendwann seid ihr zu alt, dann habt ihr keine Geduld mehr für ein kleines Kind. Dann bereut ihr es. Dann heißt es: Hätten wir doch. Wären wir doch. Aber dann gibt es kein Zurück. Die Jungen schauen nur noch auf sich. Am Ende des Tages ist es aber immer nur die Familie, die bleibt. Ihr müsstet doch froh sein, dass die Großeltern für euch da wären. Es gibt so viele, die im Alter ihr Leben nachholen müssen und sagen: Das sind eure Kinder, die gehen uns nichts an. Aber wir wären sofort zur Stelle. Wir würden uns kümmern, als wären es unsere eigenen. Du könntest Teilzeit arbeiten. Alles könnte so einfach sein. Dieses Zögern und Zaudern, aber ich sag ja nichts.

Seid ihr fertig?, sagst du, lasst das mal unsere Sorge sein, heute ist dein Geburtstag.

Dabei siehst du mich nicht an. Du wirfst mir auch nicht diesen Blick zu, von früher, der uns zu Verbündeten machte, der mir sagte, dass wir zusammengehören, dass wir eine Einheit sind, bei der niemand mitzureden, niemand mitzuentscheiden hat. Dieser Blick, der mir sagte, lass sie reden, lass uns tun, wozu auch immer wir Lust haben, ist verschwunden, und in dein Gesicht ist ein Ernst eingekehrt, wie er auch in den Gesichtern deiner Eltern zu finden ist. Dieser Ernst des Lebens, der sich in den Mundwinkeln versteckt und seine Spuren auf der Stirn, zwischen den Augen hinterlässt, der sich in der Farbe der Augen festsetzt und darin eine Mattheit erzeugt, sich auch in den Gesten niederschlägt, wie die Hand fällt beim Sprechen der Sätze, die den Ernst des Lebens beim Wort nehmen. Aber dann siehst du mich an, und dein Blick durchdringt mich. Da ist nichts Wohlmeinendes darin. Nur eine Rationalität, die mir zu verstehen gibt, dass unsere unbeschwerte Zeit vorbei ist und auch deine Geduld, die sich nur aus einer entfernten Liebe zu mir speist, ein Ende haben wird.

Ich nehme mein Glas in die Hand und atme den Geruch des Weines ein. Er riecht nach Rosmarin, nach Holunderbeeren und Vanille. Er erinnert mich an uns, wie wir in einer lauen Sommernacht in Italien unter weißen Lampions gesessen sind, Wein getrunken und gelacht haben. Worüber, weiß ich nicht mehr.

Als ich die Tür hinter uns schließe, ist es plötzlich, als wären deine Wände näher gerückt, deine Wohnung kleiner, die Räume enger geworden. Alles ist kahl hier bei dir, und dein Gesicht ist ganz blass, dein Blick abwesend. Der Boden kalt. Ich frage mich, wohin dieser Mann verschwunden ist, in den ich mich verliebt habe. Hast du ihn versteckt unter deinem hellblauen Hemd, hast du ihn zwischen die weißen Socken gelegt oder in den Kofferraum deines neuen Wagens gesperrt. Dieser erwachsene Mann, der gefallen will, der alles richtig machen will, der Verantwortung übernehmen will, hat sich über dich gelegt und nach und nach deine Persönlichkeit aufgefressen. Selbst mir ist es nicht aufgefallen, weil er langsam vorgegangen ist und sich an deinem Körper entlanggearbeitet hat, Stück für Stück.

Warum müssen die sich immer einmischen?, sage ich. Ständig wollen sie über unser Leben bestimmen. Warum sagst du nichts dagegen? Warum sagst du denn nicht, dass sie sich raushalten sollen. Haben die kein eigenes Leben?

Du siehst mich nicht an, ziehst deine Schuhe aus und gehst an mir vorbei in die Küche. Ich gehe dir nach.

Warum sagst du nichts?

Weil du eine Ausrede nach der anderen suchst. Du willst nicht zu mir ziehen. Du willst nicht heiraten. Du willst keine Kinder. Hast du denn einmal an mich gedacht?

Du erdrückst mich, mit all deinen Plänen und Forderungen.

Ich erdrücke dich?

Du siehst mich an, und ich erschrecke, als ich dein Gesicht sehe. Da ist so viel Zorn in deinen Augen, wie ich ihn noch nie an dir gesehen habe, mit einem Funken Verzweiflung darin.

Hör endlich auf, dich zu beklagen. Hörst du dir überhaupt zu? An einem Tag ist scheinbar alles gut, am nächsten stehen wir schon wieder am Abgrund. Ich habe diese Wohnung, und ich werde hier leben, ob es dir gefällt oder nicht. Ich will doch nur, dass wir glücklich sind. Aber alles mache ich falsch, und die schönen Dinge des Lebens sind der reinste Albtraum für dich. Dir kann es doch niemand recht machen. Du hältst mich seit Monaten hin. Du führst dein Leben wie bisher, aber ich weiß noch immer nicht, ob du zu mir ziehen wirst, ob wir überhaupt eine gemeinsame Zukunft haben. Ich bin fünfunddreißig, ich habe keine Kraft mehr für diese Spielchen. Werd endlich erwachsen und hör auf, dich an ein Leben zu klammern, das es schon lang nicht mehr gibt. Immer denkst du nur an dich, du wärst ja nicht einmal fähig, ein Kind großzuziehen, du lässt niemandem Platz in deinem Leben, außer dir selbst. Besser, du bleibst ohne Kind, besser, du bleibst allein, nur mit dir, aber nicht mal mit dir selbst wirst du klarkommen.

Was sagst du da? Hörst du, was du da sagst?, schreie ich. Fick dich doch.

Dreh ruhig durch, das kannst du am besten.

Dein Gesicht ist rot angelaufen, und auf deiner Stirn pocht eine Ader. Und ich schreie, lauter als du, und weiß schon nicht mehr, was ich schreie, ob es an dich oder an mich gerichtet ist. Mein Herz klopft laut und unkontrolliert, meine Hände zittern vor Wut. Ich laufe aus der Küche und schlage die Tür hinter mir zu, sie fällt in das Schloss, aber nicht laut genug. Ich öffne sie wieder und schlage sie noch einmal zu und noch einmal und wieder und wieder, bis du zu mir läufst, bis ich die abgebrochene Türklinke in der Hand halte und plötzlich schockiert über mich selbst bin. Ich gehe und stampfe die Treppen hinunter, damit auch deine Eltern mich hören. Ich schlage das Haustor hinter mir zu und höre gerade noch, wie sie ihre Tür öffnen. Deine Mutter wird gleich in deine Wohnung laufen. Was ist mit der, wird sie sagen. Warum streitet ihr euch ständig. Was hat sie schon wieder. Und dann wirst du ihr alles erzählen, sie wird dich bemitleiden, ihre Hand auf deine Schulter legen oder dich in den Arm nehmen, und vielleicht wirst du dann weinen. Kannst du das überhaupt? Vielleicht kannst du das nur bei deiner Mutter, dich gehen lassen. Mein armer Junge, wird sie sagen. Was macht sie denn nur mit dir. Such dir eine andere. Und dann wird auch noch dein Vater kommen. Dass die Probleme machen wird, hab ich doch gleich gewusst, wird er sagen. Du musst ihr die Stirn bieten. Du darfst dir nicht alles gefallen lassen. Und vielleicht wirst du nicken und sagen, ihr habt recht, aber ich liebe sie, oder vielleicht sagst du nur, ich brauche sie.

Was ist es, was mich so wütend macht. Ich könnte deinem Vater ins Gesicht schlagen. Deiner Mutter. Und dir, dir ganz besonders. Ich möchte durch die Wohnung laufen und auch hier alles auf den Boden werfen und das, was von dir ist, aus dem Fenster. In einen Zug steigen, wegfahren, alles ändern. Ich möchte sagen können, dass ich verzichten kann, auf dich, auf dieses Leben mit dir. Auf deine Eltern und euer beschissenes Haus. Aber es spricht nur die Wut aus mir, der Gedanke daran verursacht einen Schmerz in der Brust, der hinauf zu meinem Kopf wandert. Die Tränen fließen über mein Gesicht und hören gar nicht mehr auf, als hätte sich etwas in mir gelöst.

Du hast keine Geduld. Du musst alles erzwingen. Du musst immer nachschieben. Immer weiter, wenn schon längst genug wäre. Ständig versuchst du, mich zu verbiegen, bis ich nicht mehr weiterkann, bis ich zusammenbreche und liegen bleibe. Bis da nichts mehr bleibt von mir. Nur die Angst bleibt. Diese Angst vor dem Leben. Wenn wenigstens diese Angst mit mir zerbrechen würde.

Als meine Mutter ging, sperrte ich mich tagelang in meinem Zimmer ein und hoffte darauf, dass das Haus über mir zusammenstürzt. Aber nichts ist zerbrochen, die Welt hat sich weiterbewegt. Und auch dieses Mal wird nichts zerbrechen, die Welt wird sich weiterbewegen. Immer weiter. Mit dir oder ohne dich.

Ich beruhige mich. In meinem Kopf hämmert und pocht es. Nur ein leises Wimmern höre ich noch, das aus meinem Mund kommt. Die Hände haben aufgehört zu zittern. Und die Tränen haben aufgehört. Du bist nicht mehr normal, würdest du sagen, wenn du mich sehen würdest. Und mir nicht meine Tränen wegwischen. Mich nicht in den Arm nehmen. Mit dieser Verachtung in deiner Stimme und in deinen Augen. Du würdest dich umdrehen, mich liegen lassen. Ich presse meinen Rücken gegen die kalte Wand. Es macht keinen Unterschied, ob du hier bist oder nicht.

Aber dann fällt mir wieder dein verschmitztes Lächeln ein. Wie du mich ansiehst manchmal, mit diesem Blick, der alles von mir kennt und weiß. Dein Geruch fällt mir ein, von dem ich nie genug kriegen kann. Die blonden Härchen auf deinem Nacken, deine hundertzweiundzwanzig Sommersprossen, die sich zu Sternbildern verbinden lassen, deine weichen Hände, die über meine Haut wandern, und wie jede Stelle deines Körpers ein Stück von meinem Zuhause ist. Deine Stimme in meinem Ohr und dein warmer Atem auf meiner Haut, wenn wir uns lieben, und wie wir getanzt haben, fällt mir ein, barfuß und ohne Musik, wie wir uns geküsst haben, mitten auf der Straße, fällt mir ein, wie wir uns im Treppenhaus geliebt haben und uns fast die Nachbarn erwischt hätten, und wie gut sich deine nackte Haut anfühlt, fällt mir ein, wie schön dein Gesicht ist, wie lustig du tanzt, wie du stark sein kannst und gleichzeitig weich, wie du lachen und mit mir weinen kannst. Wie mein Herz lauter schlägt, fällt mir ein, wenn du mich in die Arme nimmst und deine Wärme mich umschließt, wie du mir immer das Gefühl gibst, dass wir zusammengehören und es das Einzige ist, was zählt. Und all unsere Momente blitzen auf, jede Reise, jeder Streit, jede Versöhnung, und ich weine und weine, weil ich nicht loslassen kann, weil du mich rasend machst, weil ich nicht ohne dich sein kann.

Ich lese, dass auch andere an ihren Beziehungen zweifeln. Ich bin nicht die Einzige, die nach so langer Zeit mit sich und ihrem Partner hadert. Der Mann von polarbaer51 droht nach jedem Streit, sie zu verlassen. Victoriasiempre hat schon seit zwei Jahren keinen Sex mehr gehabt, und Yasni hat sich in einen anderen Mann verliebt, mit dem sie in ihrem Ehebett geschlafen hat. Darunter sind die Ratschläge von anderen zu lesen, die ähnliche Geschichten haben. Versucht es mit einer Paartherapie. Trennt euch endlich. Gebt das nicht auf. Manche schreiben sogar, dass erst die Kinder alles verändern und der Fokus sich verlagert. Ich lese, dass Sandra77 von ihrem Freund betrogen wurde, während sie nach einer schweren Operation im Krankenhaus gelegen ist, dass der Mann von Sonnenhut23 in der Kneipe sitzt statt bei der Arbeit, ihr aber nichts davon sagt, und der Mann von Stolperherz sich heimlich eine Prostituierte ins Haus bestellt hat.

Und wie ich eine Geschichte nach der anderen lese, kommen mir meine eigenen Probleme wieder harmlos vor. Da würden sie antworten: Was hast du denn. Dein Freund würde doch alles für dich tun. Er hat dich nicht verdient. Du bist das Problem. Du bist krankhaft auf dich fixiert. Kein Mann ist perfekt, würden sie schreiben, mit einem anderen läuft es auch nicht besser. Es ist doch so schwer, jemanden zu finden, mit dem es funktioniert. Wenn man so lange zusammen ist, hat es Zukunft. Das gibt man doch nicht leichtfertig auf.

Im Traum liegen wir wieder am Strand in Jesolo. Das Meer wirft sich in Wellen ans Ufer und kommt immer näher. Ich will etwas zu dir sagen, doch als ich mich umdrehe, bist du verschwunden. Draußen, weit entfernt, sehe ich dich auf einer Luftmatratze liegen. Du treibst immer weiter hinaus, bis ich dich nicht mehr erkennen kann.

Ich rufe Marlene an. Ich weine ins Telefon. Sie sagt: Das wird schon wieder. Ihr werdet eine Lösung finden. Nach so langer Zeit gibt man nicht auf. Lukas und ich haben auch unsere Schwierigkeiten. Eine Beziehung ist harte Arbeit, das weißt du doch am besten.

Ich weiß nicht, ob ich das alles noch will.

Natürlich willst du. Es kommt nichts Besseres nach.

Ich bin so wütend.

Du musst auch Georg verstehen. Mir würde auch der Geduldsfaden reißen mit dir. Nehmt euch mal eine Pause. In ein paar Tagen sieht die Welt wieder anders aus.

Ich stehe vor deiner Tür und läute. Du machst nicht auf, weil du weißt, dass ich es bin. Ich läute noch einmal und halte meinen Finger auf die Klingel gedrückt. Sobald ich zu laut bin, wirst du aufmachen, du willst sicher nicht, dass deine Eltern davon wissen, wenn wir streiten. Ich klopfe und läute. Nichts rührt sich. Kein Geräusch dringt aus deiner Wohnung und auch nicht aus der deiner Eltern. Wo habt ihr euch versteckt? Sitzt ihr alle zusammen in deiner Wohnung und tut so, als ob niemand da wäre? Hast du ihnen gesagt, seid still, macht keinen Mucks, bis sie weg ist? Ich weiß genau, dass du da bist, rufe ich, während ich mit der Faust gegen die Tür schlage. Und plötzlich wird mir bewusst, wie lächerlich ich mich hier mache. Ich sollte nicht an dieser Tür stehen, mich auch nicht entschuldigen, damit alles wieder gut wird, sondern einfach verschwinden. Nichts ist so schnell wieder gut zwischen uns.

2

Als ich aufwache, greife ich ins Leere. Ein Kissen liegt neben mir, eine Bettdecke, zerwühlt, niemand darunter. Ich drehe mich auf deine Seite und stelle mir vor, wie du neben mir liegst und mich anlächelst. Hast du gut geschlafen, würdest du sagen und mich an dich ziehen. Hast du was geträumt, würdest du fragen. Und dann würdest du aufstehen, und ich würde so lange im Bett bleiben, bis der Kaffeegeruch mich nach draußen lockt. Jetzt ist es still ohne dich, die Wohnung riesengroß, die Gänge ewige Weiten. Die Tage wie Wochen. Ich starre auf die unbenutzte Bettdecke. Ich atme laut, damit ich das Gefühl habe, es wäre noch jemand hier. In meinem Bauch zieht sich alles zusammen, und auf meiner Brust eine Schwere, als würde sich jemand gegen mich stemmen. Das Kissen riecht immer noch nach dir. Und überall liegen deine Gegenstände. Ein Pullover im Schlafzimmer. Die Zahnbürste im Badezimmer. Die Schuhe im Vorzimmer. Deine Comichefte am Nachttisch. Der Rasierapparat auf der Ablage. Unsere Gesichter, die von den Wänden lachen. Sie sehen so glücklich aus, als wären das gar nicht wir.

Die Assistentin schiebt ihre Brille auf die Nasenspitze und schaut mich an. Wann der erste Tag war.

Erster Tag?, frage ich.

Der letzten Regel, sagt sie genervt. Hinter mir stehen drei Frauen in der Schlange. Ich überlege, es fällt mir nicht ein. Ob ich schwanger bin. Ich schlucke.

Ich weiß es nicht.

Na, werma sehen, sagt sie beiläufig, weil es hier nichts Besonderes ist und schaut schon zur nächsten Patientin hinter mir.

Im Wartezimmer empfangen mich: Beethoven, ein brauner Teppichboden, ein Kunstobjekt aus Metall, ein großer Benjamin. Frauen, sitzend und stehend. Sie sagen »Grüß Gott«, als ich durch die Tür komme, schauen mich kurz an und dann wieder weg, in ihre Zeitschriften, auf ihre Finger oder Telefone. An der Wand hängen kleine Mosaike und ein großes Gemälde. Darauf ein Meer und ein Leuchtturm.

Ich setze mich und sinke in den großen roten Sessel. Keine ist schwanger. Sie sehen entspannt aus, nur eine wirkt ungeduldig und tippt mit ihren Fingern nervös auf den Oberschenkel. Ich spüre ihre Blicke auf meinem Bauch, als wüssten sie, was da in mir ist. Sie haben sicher gehört, was ich mit der Assistentin gesprochen habe. Dass da vielleicht ein Wurm in mir heranwächst.

Ich weiche ihren Blicken aus, und meine Augen wandern die Wände entlang. Da sehen mich andere Frauen an. Die kleinen Mosaike, die verteilt im ganzen Raum hängen, nackte Körper, die an griechische Göttinnen erinnern. Eine Frau mit einem Pfeil durch ihre Vagina. Ihre Brüste stolz nach vorn gestreckt. Eine Frau mit Kinderwagen, eine hält einen Fisch in der Hand. Eine liegt mit gegrätschten Beinen auf dem Boden. Ihre Vagina wie ein dunkler Schlund, der das ganze Wartezimmer einnimmt. Sie haben mich eingekreist. Alle schauen sie mich an und durchdringen mich mit ihren Blicken. Und die Wut kommt von ganz tief in mir hoch. Dass ich es ausbaden, mir in die Vagina schauen lassen muss, von diesem Mann, der ein Kultivierter ist und Frauenkörper als Kunstobjekte in seinem Wartezimmer ausstellt.

Diese Frauen machen mich wütend, mit ihren übereinandergeschlagenen Beinen, mit ihren Blicken, die mir sagen: Wir sind gleich. Aber da ist nichts Verbindendes zwischen uns. Da gibt es überhaupt nichts und keinen Grund, warum sie mich ansehen müssen. Schaut nicht mich an, sondern in eure Frauenzeitschriften. Schaut nicht auf meinen Bauch, sondern in die Babyzeitschriften, in die Schwangerschaftszeitschriften. In die Donna und Bella und Britta und Sophia und Freundin und Beste Freundin, in die Eltern und Gesundheit, in die Eltern und Baby, in die Junge Familie und Eltern Spezial, in die Baby & Co., Baby und Frau, Baby und Haus. Lasst doch mich aus dem Spiel.

Am liebsten würde ich mich in einem Loch verkriechen und nie wieder herauskommen. Und du sitzt zu Hause, schon seit Tagen keine Nachricht von dir, ahnungslos, unbedarft, als wärst du aus einem anderen Leben.

Er drückt meine Hand etwas zu fest und schließt die Tür mit Schwung hinter mir. Er hält sich nicht lange mit meinen Befindlichkeiten auf. Er schaut mich an, aber durch mich hindurch. Er trägt eine Jeans und einen weißen Mantel darüber, kurze spärliche Haare stehen von seiner Glatze weg.

Gehen Sie bitte in den nächsten Raum weiter, sagt er, während er etwas in seinen Computer tippt.

Der Raum ist dunkel, die Fenster verschlossen. Auf einer langen Ablage liegen Geräte aus Metall. Die Umkleide ist eine altmodische spanische Wand, die mitten im Raum steht.

Unten frei machen, sagt er, und: Auf die Liege, als er zu mir ins Zimmer kommt.

Auf die da, frage ich.

Es gibt nur eine, sagt er und zieht spöttisch eine Augenbraue nach oben.

Er tastet meine Brüste ab, sagt dann deutlich und langsam: Und jetzt bitte auf den Un-ter-su-chungs-stuhl, als wäre ich schwer von Begriff.

Weiter zu mir, sagt er.

Noch weiter, sagt er und schnauft. Noch etwas weiter. So ist es gut.

Eine Lampe beleuchtet meine Vagina, die nun das Zentrum bildet, den ganzen Raum für sich einnimmt. Er wendet sich ab, sucht nach den Geräten, während ich ausgeliefert vor ihm liege. Das Licht blendet. Meine Beine beginnen zu zittern. Er dreht sich wieder zu mir.

Ganz ruhig, ich tu Ihnen nichts. Ganz ruhig und entspannt.

Dieses Mal sieht er mich an, kurz, aber nicht durch mich hindurch. Ich beiße mir auf die Unterlippe und versuche, ruhig zu sein. Nicht zu zittern, nicht zu atmen, mich wegzudenken.

Atmen Sie ganz normal, sagt er. Es passiert Ihnen nichts.

Ich sehe dich vor mir, wie du auf dem Sofa liegst und dir eine Fernsehserie anschaust. Wie du dir ein Bier aufmachst und wütend auf mich bist. Ich beiße noch fester auf meine Unterlippe, bis ich Blut in meinem Mund schmecke. Er schmiert kaltes Gel auf meinen Bauch und schaut konzentriert auf den Bildschirm.

Wir sind schwanger, sagt er, mit einem Anflug von Freude in seiner Stimme.

Er sieht mich erwartungsvoll an. Wieso wir? Wieso wir, will ich schreien, du hast doch damit überhaupt nichts zu tun!

Sehen Sie, sagt er. Da sieht man schon was.

Ich sehe nichts, sage ich. Da ist nichts.

Doch, sagt er, Sie müssen genauer hinsehen, mit so

einer Stimme, mit der man über das Wunder des Lebens staunt.

Ich möchte ihn anschreien, dass es hier nichts zu wundern gibt. Dass ich ihm sein Ultraschallgerät hinterherwerfe und ihm diesen Ultraschallpenis in den Hals schiebe, wenn er nicht aufhört, mit dieser wundernden Stimme zu sprechen. Dass es hier nichts, überhaupt nichts zu bestaunen gibt und dass die Natur kein Wunder ist, sondern ein beschissenes Arschloch, weil das ist es wohl, was er in seinem Freundeskreis zu sagen pflegt, wenn er von seiner Arbeit spricht, nur jetzt sagt er es nicht, weil er es hier schon zu oft gesagt hat.

Ich schließe die Augen, meine Beine zittern jetzt so stark, dass ich es nicht mehr verbergen kann. Ich spüre die Tränen, die an meinem Gesicht hinunterfließen. Ich kann nichts dagegen tun, mein Herz schlägt gegen meine Brust, als wären es jetzt schon zwei Herzen und als möchte da drinnen jemand zu mir sagen, dass ich nicht allein bin, dass wir jetzt zu zweit sind und unsere Herzen miteinander schlagen werden.

Ist alles in Ordnung, fragt er besorgt. Er drückt seine Hände auf meine Oberarme, sanft, nicht so fest wie vorher. Seine Wärme durchdringt meinen Körper. Seine Stimme klingt dumpf und legt sich wie eine warme Decke über mich. Er sagt immer wieder: Alles wird gut. Atmen Sie. Atmen Sie ein, atmen Sie aus. Beruhigen Sie sich. Es ist alles gut. Es ist alles nicht so schlimm. Wir werden das schaffen, wir schaffen das gemeinsam. Ich spüre seinen Atem auf meinem Gesicht. Ich bin bei Ihnen.

Und ganz kurz hat sich seine Stimme so angehört, als wäre es deine.

Ich lese, dass in meinem Mutterleib ein eigener Mikrokosmos entstanden ist. Fruchtwasser. Fruchtblase. Plazenta. Eine zottige Hülle mit bäumchenartigen Ausläufern, die jetzt Chorion und später Mutterkuchen genannt wird. Die Gebärmutter ist so groß wie eine Mandarine und das Embryo eine Bohne. Ein kleiner Organismus hat sich in mir gebildet. Ein Zellhaufen und darin das Gehirn, die Leber, der Magen, der Darm, das Rückenmark und ein Herz wie ein Röhrchen. Ich streiche über meinen Bauch. Da ist nichts. Ich atme ein. Tief. Ich zähle bis zehn. Wie kann da etwas in mir wachsen. Mit Armen, mit Beinen. Einem Kopf, einem Herz. Ich schließe die Augen. Ich atme ein. Ich atme aus. Ich zähle jeden Atemzug. Elf zwölf dreizehn vierzehn fünfzehn sechzehn siebzehn. Ich schlage mit der Faust gegen meinen Bauch. Da ist kein Schmerz, nur ein dumpfes Schlagen. Ein sechs Millimeter großes Embryo kann ich zwischen meinen Fingern zerdrücken. Nicht viel mehr als eine Fischlarve, unsichtbar, und die Augen schwarze kleine Löcher. Es hat einen Kopf, einen Rumpf, einen Schwanz. Kiemenbögen, woraus sich die Unterkiefer, das Mittelohr, der Stimmapparat formen. Ein kleines Nichts, das alles werden könnte. Ein Rochen. Ein Parasit. Ein Vogel. Ein Mensch.

Ich spiele Szenarien durch. Ich treibe ab. Ich betrinke mich. Ich schlage gegen meinen Bauch. Ich sage dir, dass ich schwanger bin. Ich sage dir, dass ich abtreibe. Ich sehe dein strahlendes Gesicht. Ich sehe mich mit Kinderwagen. Ich sehe dich mit Kinderwagen. Ich sehe ein Kind, das in meinen Armen liegt. Und dann, wie es in deinen Armen liegt. Ich sehe uns, wie wir im Wartezimmer sitzen. Das erste Ultraschallbild. Oder das letzte. Deine glücklichen Eltern. Dein Gesicht, als ich dir sage, dass ich abgetrieben habe. Ich sage dem Arzt, dass ich es behalten will. Ich kaufe mir Mifepriston und Wermut. Ich kaufe den ersten Strampelanzug. Ich sage dir nichts. Ich stürze mich die Treppen hinunter. Ich weine vor Glück. Ich laufe in den Wald und schreie. Deine strahlenden Augen. Ich packe meine Koffer und fahre, einfach weiter, immer weiter. Der Schock in deinen Augen. Die Empörung deiner Eltern. Ich sage dir, dass ich glücklich bin. Ich sage dir, dass ich verzweifelt bin. Ich sage dir, dass dieses Kind das Beste ist, was uns passieren konnte. Dass dieses Kind unser ganzes Leben zerstört. Ich sage, dass es mein Leben zerstört.

Ich stelle mich vor den Spiegel. Ich sehe aus wie immer. Nichts hat sich verändert. Keine Anzeichen von einem Mutterleib oder einem Kind. Nichts regt sich, es ist alles wie im Traum, bei dem man versucht, sich zu erinnern, dass man träumt. Ich versuche, mich an die Gesichtszüge meiner Mutter zu erinnern. Sie hatte ein Gesicht, das immer etwas verbarg, und zwischen den Augen eine tiefe Falte. Nie wusste ich, was sie dachte. Ob meine Mutter sich im Spiegel betrachtet hat, mit mir in ihrem Bauch? Hat sie sich über ihren Bauch gestrichen? War sie irgendwann einmal glücklich, oder hat sie es nur Jahre hinausgezögert? Bis der Druck in ihrer Brust so stark wurde, dass sie beinah erstickt wäre? Woran erkennt man diesen Moment? Ich schließe die Augen, presse die Hände an meine Ohren. Ich höre ein Rauschen. Das Meer in mir. Und ein leises, unruhiges Pochen. Ein Herz. Oder zwei, die gegeneinanderschlagen.

Es ist ein Wunder. Das größte Wunder der Natur. Ein besonderer Moment. Eine Meisterleistung. Ein Spektakel. Das emotionalste Erlebnis im Leben einer Frau. Ich lese, dass ich mich freuen soll und worauf: 1. Auf die ersten Wochen, in denen nur du und ich von der Schwangerschaft wissen. 2. Zu wissen, dass ich neun Monate Zeit habe zum Planen. Zum Träumen. Zum Fantasieren. 3. Auf die Schwangerschaftskleidung. Sie ist praktisch und erotisch. 4. Zunehmen zu müssen. 5. Ausschlafen zu können. 6. Mich selbst zu verwöhnen mit Massagen, Bädern und Lotionen. 7. Auf den Mutterschutz, dank dem ich entspannt auf meine Entbindung warten kann und nachher viel Zeit für mein Baby haben werde. 8. Einen Geburtsvorbereitungskurs zu besuchen und viele neue Freundinnen zu finden. 9. Auf die Brüste, die ich immer schon wollte. 10. Alles das zu genießen, wofür wir nachher keine

Zeit mehr haben werden. 11. Die eigene Mutter besser zu verstehen. Ich werde eine ganz neue Art der Bewunderung empfinden, für alles, was meine Mutter durchgemacht, was meine Mutter für mich getan hat. 12. Auf das Funkeln in den Augen der Eltern, Tanten und Onkel, wenn wir es ihnen sagen. 13. Das Handwerk wieder zu entdecken, Babysocken zu häkeln oder zu stricken. 14. Das Kinderzimmer zu planen. 15. Den ersten Herzschlag zu hören. 16. Den ersten Fußtritt zu spüren. 17. Babykleidung zu kaufen. 18. Auf den Moment, in dem du deinen Arm um meinen Bauch legst, und zu wissen, dass unsere Liebe neues Leben erschaffen hat. 19. Ganze Abende damit zu verbringen, uns Namen für das Baby auszudenken. 20. Sich vorzustellen, wie es aussehen wird. 21. Davon zu träumen, was es einmal werden wird. 22. Zu wissen, dass ein kleiner Mensch in meinem großen Bauch heranwächst. 23. Das erste Ultraschallbild in der Hand zu halten. 24. Nie mehr Langeweile zu haben. 25. Dich anzurufen und zu sagen: Es geht los. 26. Auf die Freude und Erleichterung, wenn die Schmerzen vorbei sind. 27. Das erste Mal in die Augen des Neugeborenen zu blicken. 28. Wenn du an meinem Bett stehst mit einem Blumenstrauß in der Hand und dich für dieses Geschenk bedankst. 29. Auf den Moment, wenn das Baby neben mir aufwacht und mir bewusst wird: Ich bin Mutter. 30. Die erste Nachricht zu schreiben: Mein Name ist X. Ich habe am X um X das Licht der Welt erblickt. Ich wiege X kg und bin X cm groß. Wir sind überglücklich.

Ich spanne ein großes Stück Papier über den Boden und ziehe Linien. Kreise. Wölbungen. Wellen. Einen großen Körper. Einen Bauch, riesengroß. Er wächst aus dem Körper, ragt wie ein Berg daraus hervor, fremdartig und mächtig. Der Kopf entgleitet mir. Spitze Verstrebungen ragen daraus empor. Als ich fertig bin, lege ich mich neben das Bild. Es ist größer als ich. Der Blick in die Ferne gerichtet und finster. Meine Hände sind schwarz.

Du kannst doch nicht abtreiben, sagt Marlene, wie kannst du nur an so etwas denken.

Ich sage nur, dass es eine Möglichkeit ist.

Es ist nie der richtige Zeitpunkt. Denk doch mal an die Zukunft. Es ist auch sein Kind, darüber entscheidest nicht du allein. Georg wird nicht ewig auf dich warten. Rede endlich mit ihm und bring's wieder in Ordnung.

Der Drucker funktioniert nicht. Die Kunden sind unzufrieden mit meinen Entwürfen. Der Computer stürzt ab, und alles, was ich gemacht habe, ist weg. Ich kann nichts essen, habe Kopfschmerzen und Krämpfe im Unterleib. Im Radio Lieder, die mich an dich erinnern. Ich schnauze meine Kolleginnen an, streite mit meinem Chef. Alles geht schief. Sandra sagt, dass ich nach Hause fahren, einen klaren Kopf bekommen soll. Also nehme ich meine Sachen und gehe. Jetzt fällt alles in sich zusammen. Mein Leben liegt in Trümmern. Und ich wandle dazwischen umher wie eine Schiffbrüchige.

Es dämmert, als ich aus dem Bus steige. Um mich herum ist alles dumpf. Die Autos und Stimmen kaum hörbar. Die Schmerzen sind weg. Stattdessen ist mir schlecht und schwindlig. Ich gehe benommen die Straße entlang. Ich schaue in die Wohnungen, aus denen das Flimmern der Fernseher dringt. Dort sitzen sie. Auf ihren Sofas. An ihren Esstischen. Ineinander verkeilt. Manchmal sind nur Schatten am Fenster zu sehen. Vor einem Haus bleibe ich stehen. Ein großes Sofa steht mitten im Wohnzimmer. Darauf eine Mutter, ein Vater und drei kleine Kinder, die kreuz und quer liegen, halb auf der Mutter, halb auf dem Vater. Ihr Blick auf den Fernseher gerichtet. Das Zimmer ist voll mit Spielsachen, Kissen und Bettdecken. Ihre Münder bewegen sich, aber ich höre nicht, worüber sie sprechen. Wie ein Stillleben des Alltags. Die Mutter lacht, und der Vater legt seinen Arm um ihre Schulter. Ob du das sein könntest. Ob ich das bin.

Mir wird schwarz vor Augen, in meinem Magen wieder diese Übelkeit. Ich halte mich an einer Hauswand fest und schließe die Augen. Ich atme ein. Ich atme aus. Eine Träne läuft über meine Wangen. Als ich die Augen wieder öffne, durchdringt mich der verärgerte Blick des Vaters. Eine Empörung darin und ein wenig Abscheu, die hinter den Jalousien verschwinden. Ich gehe weiter. Die Luft ist kühl. Sie kriecht tief in meine Lungen und stemmt sich dagegen. Die Luft gehört nur mir allein. Du bist nicht hier, du atmest nicht mit. Ein Gefühl von Leichtigkeit und Schwere.

Zu Hause ist es still und leer. Die Wohnung dunkel. Das Radio ausgeschaltet. Die Herdplatten kalt. Ich wandere von einem Raum zum anderen. Überall begegnen mir unsere Schatten. Wie du in der Küche tanzt. Wie wir lachend mit unseren Freunden am Tisch sitzen. Wie du immer mit mir sprichst, wenn du die Zähne putzt, und ich kein Wort verstehe. Wie wir nackt durch die Wohnung tanzen und ins Bett fallen. Wie du mir die Bettdecke wegziehst, damit ich aufstehe. Wie du mich wach küsst. Wie du jede Nacht neben mir einschläfst. Wie du immer bei mir bist.

Das Ticken der Uhr hallt durch meine Wohnung. Es ist die Zeit, die vergangen ist, seit ich dir nichts davon gesagt habe. Die Sekunden, die uns immer weiter voneinander entfernen. Seit du weg bist – oder bin ich es, die weg ist, ich weiß es nicht mehr –, liebe ich dich wieder. Dein Lächeln, wenn du mich ansiehst. Deine Umarmung, die alles wiedergutmacht. Vielleicht ist es nur die Vorstellung von dir, die ich vermisse. Die Vorstellung von uns, wie wir sein wollten. Aber jeden Tag ertappe ich mich, wie ich zu dir gehen will. Wie ich dich anrufen will. Wie ich nur kurz deine Stimme hören will. Wie ich dich neben mir wissen will. Ich kann nicht schlafen, wälze mich hin und her. Ich gehe auf den Balkon und schaue auf den verlassenen Platz, die leeren Straßen. Die dunklen Fenster der Häuser. Es ist so still hier. Alle schlafen. Und du schläfst auch. Nur ich liege wach und wandere auf und ab. Wir sind zum ersten Mal getrennt und noch immer kein Wort von dir. Du weißt noch nicht einmal, dass du Vater werden könntest, wenn ich es zulasse. Ich könnte zu dir gehen, an deine Tür klopfen, ich könnte es vielleicht noch einmal ändern. Ich könnte mich stellen, mich darauf einlassen. Stattdessen gebe ich abwechselnd mir die Schuld und dann wieder dir. Warum kann ich das nicht: glücklich sein.

Ich ziehe mich an und gehe aus dem Haus. Meine Schritte hallen durch den Innenhof. Ich gehe ans Ende der Straße, bis ich vor einem Lokal stehe. Dort war ich früher oft mit Marlene. Von außen ist nichts zu erkennen, nur ein Leuchtschild, das schief hängt. Ich öffne die Tür. Der Geruch von kaltem Rauch kommt mir entgegen. Ich setze mich auf einen Barhocker, bestelle ein großes Bier. Ich zünde mir eine Zigarette an. Der Rauch schmeckt anders als sonst, brennt in meinen Lungen. Der Barkeeper stellt mir das Glas hin und geht wieder. Eine Dartscheibe steht verlassen. Die Tische sind leer. Nur ein Mann sitzt in einer Ecke am Spielautomaten. Ich nippe an meinem Bier. Die Boxen knistern. Jimi Hendrix. Rolling Stones. AC/DC.

Ich lehne mich nach vorn, damit ich den Bildschirm sehe: eine Reihe Kirschen und Glocken. Und Münzen. Zahlen und Buchstaben. Aber sie ergeben keine Reihe. Der Mann wirft eine weitere Münze hinein. Pling. Ich stehe auf und stelle mich neben ihn. Ich frage mich, was diese Kirschen und Wassermelonen bedeuten. Ob sie glücklich machen?

Er hat mich nicht bemerkt, sitzt zusammengesunken da und wirft eine Münze nach der anderen ein.

Wie viel hast du heute schon verspielt, frage ich.

Lass ihn, sagt der Barkeeper.

Ich bleibe trotzdem neben ihm stehen und schaue zu, wie immer andere Buchstaben und Nummern auf dem Bildschirm erscheinen. Und dazwischen Glocken. Kirschen. Melonen.

Willst du noch ein Bier, fragt der Barkeeper.

Nein, sage ich und zeige auf mein Glas.

Das Licht wird weniger und die Musik lauter. Die Dunkelheit verdeckt die Brandflecken auf den Sitzbänken und die lieblose Einrichtung. Der Rauchgeruch ist verschwunden.

Was willst du?, fragt der Mann.

Ich schaue dir zu.

Muss das sein?

Ich krame eine Münze aus der Tasche.

Lass mich mal.

Er geht an die Theke und bestellt sich ein Bier, während ich Glocken und Kirschen tanzen lasse. Beim dritten Versuch macht das Gerät ein seltsames Geräusch, beginnt zu singen und spuckt eine Münze nach der anderen aus.

Ich nehme die Münzen, setze mich neben ihn an die Theke und lege sie neben sein Bier. Er sieht mich an und lächelt. Er muss einmal ein schöner Mann gewesen sein.

Irgendwann sagt er: Lass uns tanzen. Er nimmt meine Hand, ich lasse mich mitnehmen. Über uns dreht sich eine Discokugel und wirft kleine Sterne an die Wand. Er legt seinen Arm um meine Hüften, während Johnny Cash *I hurt myself today* singt. Er riecht anders als du, nach Rauch und nach Alkohol, aber darunter ist sein Geruch, den ich mag. Ich schaue zur Theke, der Barkeeper ist verschwunden, ich schließe die Augen und spüre seinen Kopf, der sich gegen meine Schulter lehnt. Es interessiert mich nicht, wer dieser Mann ist. Es interessiert mich auch nicht, was der Barkeeper über mich denkt, was ich selbst über mich denke. Es ist schön, einen Atem zu spüren, von jemandem, der nicht weiß, wer ich bin.

Ob du schon schläfst?

Während wir tanzen, singen die Beatles, dass es eine Antwort geben wird, und Canned Heat, dass ich nicht mehr weinen soll. Tocotronic, dass die pure Vernunft niemals siegen darf. Und Johnny Osbourne fragt, *ready or not*.

Es ist mir nicht aufgefallen, wir tanzen immer schneller und haben beide zu singen begonnen. Wir sind uns so nahe wie du und ich uns schon lange nicht mehr.

Als wir das Lokal verlassen, ist es schon spät. Es waren noch andere da, als wir gegangen sind. Wir hatten sie nicht bemerkt. Wir haben kaum miteinander gesprochen, nur gespielt, getanzt und gesungen. Noch immer wissen wir nichts voneinander, als wären wir beide auf der Flucht.

Er hält meine Hand, als wir vor dem Lokal stehen. Sie ist warm und umschließt meine Finger.

Kommst du mit?, fragt er, ich wohne in der Nähe. Du kannst bei mir schlafen, wenn du willst.

Also gehen wir Hand in Hand, bis wir vor seinem Haus stehen. Wir sind wie zwei, für die es ganz normal ist, gemeinsam nach Hause zu gehen. Er sperrt die Tür auf. Wir gehen die Treppen nach oben.

Er zeigt mir das Bad und das Sofa. Erst als er die Tür schließt, bleibt er stehen und schaut mich an. Er kommt mir nicht zu nahe, versucht nicht, mich zu küssen. Er umarmt mich auch nicht. Wir stehen uns nur gegenüber, schauen uns in die Augen und schweigen etwas zu lange. Er schaltet das Licht aus. Gute Nacht, und schließt die Tür hinter sich. Ich lege mich auf das Sofa. Ich erkenne nur Umrisse und stelle mir vor, wie das wäre, ein Leben mit ihm. Wie wir in der Küche sitzen. Wie er mich in den Arm nimmt. Wie wir uns küssen. Wie wir einschlafen miteinander.

Mitten in der Nacht wache ich auf. Im Traum bin ich dir auf der Straße begegnet. Du bist an mir vorbeigelaufen, hast mich einfach übersehen. Ich habe nach dir gerufen, aber du hast mich nicht gehört. Erst als ich wieder und lauter nach dir gerufen habe, hast du dich zu mir gedreht, mich kurz angesehen und flüchtig gegrüßt. Dann hast du dich wieder umgedreht und bist weitergegangen. Ein dumpfer Schmerz durchdringt meinen Körper, als würde ein Teil von mir fehlen. Die Dunkelheit verschluckt alles um mich herum. Irgendein Geräusch war zu hören. Ich halte meinen Atem an. Bin mir nicht sicher, ob er im Raum ist, ob er vor mir steht, mir beim Schlafen zusieht. Ich schließe meine Augen. Das Gefühl, es könnte jemand hier sein, der meinen Schlaf beobachtet, macht mir Angst, und gleichzeitig ist es schön zu wissen, dass jemand meine Nähe sucht.

Es ist noch früh, als ich aufwache. Zuerst weiß ich nicht, wo ich bin. Dann betrachte ich das Zimmer. Ein fremder Pullover über der Stuhllehne. Fremde Bilder an der Wand. Ein fremder Geruch in der Bettdecke. Die Erinnerung an eine seltsame Nacht kommt zurück. Ich höre die Wohnung entlang, aber ich höre kein Geräusch. Keinen Atem. Wahrscheinlich schläft er noch. Ich nehme meine Schuhe und gehe leise zur Tür. Ziehe die Schuhe im Treppenhaus an und gehe die Stufen hinunter.

Ich stehe wieder vor deiner Tür. Ich läute und warte. Dieses Mal machst du auf. Wir sehen uns in die Augen und stehen schweigend voreinander. Was ist nur passiert zwischen uns? Da ist so viel, was ich dir sagen möchte, aber die Wörter sind verschwunden, der Sturm hat sich gelegt, alle Vorwürfe haben sich wieder zurückgezogen. Ich versinke in deiner Umarmung, dein Herz schlägt gegen meine Brust, deine Wärme kriecht in meinen Körper und dein Geruch in meine Nase. Ein Gefühl breitet sich aus, es ist plötzlich ganz stark, dieses Gefühl von einem Zuhause. Es ist wie nach einem Gewitter. Der Asphalt, der nach Regen riecht und alle Spuren langsam verschluckt.

3

Wir nähern uns zaghaft. Wir berühren uns vorsichtig. Deine Lippen auf meiner Haut. Meine Hände, die dich umfassen. Deine Umrisse in der Dämmerung. Unsere Stimmen, die laut sind und leise. Meine Brüste in deinem Mund. Dein Kopf in meinem Schoß. Mein bebender Körper. Dein Atem, der neu schmeckt. Mein Lachen, das frei ist. Unsere Bewegungen, die miteinander verwachsen. Wir vergessen, ob Nacht oder Tag ist. Als hätten wir nicht schon längst das Gesicht voreinander verloren. Als wären wir noch immer dieselben. Nur älter. Nur anders. Nicht wir.

Es ist Nacht, dann wird es Tag und dämmert wieder. Wir bleiben den ganzen Tag im Bett. Wie damals, am Anfang. Ich sagte, lass uns neu anfangen. Noch einmal auf Start. Du sagtest, wir werden für alles eine Lösung finden, du bist mir wichtiger als diese Wohnung. Wir lachen viel, wir reden von früher, wir treiben zwischen den Erinnerungen an unsere Jugend umher. Wir reden von Tagen, die schon lange hinter uns liegen und seltsam verklärt sind, als wäre früher alles besser gewesen. Du erzählst mir, wie es war, als du mich zum ersten Mal gesehen hast, aber ich weiß nicht, war das wirklich, wie du behauptest, oder hast du dir nicht schon längst deine eigene Version der Vergangenheit zurechtgelegt. Ich versuche, mich zu erinnern, wie das war zwischen uns. Ob mein Herz klopfte, als ich dich zum ersten Mal küsste. Ob eine Hitze in meinem Körper aufstieg bei jeder Berührung. Ob du mich angesehen hast, als gäbe es nur mich auf dieser Welt. Ob es diese große Verliebtheit wirklich zwischen uns gegeben hat. Mit den Jahren haben sich die Erinnerungen schon so weit von mir entfernt, manche sind verblasst, manche fast verschwunden.

Wir reden so viel wie die letzten Monate und Jahre über nicht. Über unsere Wünsche und Träume. Darüber, was falsch gelaufen ist zwischen uns. Wir sagen, wir müssen mehr miteinander reden, mehr miteinander lachen, mehr unternehmen und den anderen ernst nehmen. Wir müssen uns zuhören, den anderen verstehen, aufeinander eingehen und uns nicht einfach zurückziehen. Und während ich deine Lachfalten nachfahre und du mich an dich ziehst, möchte ich dir davon erzählen. Dass es vier Zentimeter groß ist. Und fünfzehn Gramm schwer. Das Geschlecht steht schon fest, will ich sagen, und die Augen. Die Haarfarbe. Die Länge der Nase. Die Größe der Füße. Aus dem Fischschwanz haben sich Beine gebildet. Und aus den Flossen die Hände. Es wächst in mir, und noch immer weißt du nichts davon. Aber stattdessen sage ich, dass ich dich liebe. Du sagst, dass du mich mehr liebst, und ich sage, dass ich dich noch mehr liebe. Wir lachen, obwohl wir beide wissen, dass es keine Steigerungsform gibt von lieben. Dass es nur ein Lieben oder Nicht-Lieben gibt. Du saugst an meinen Brustwarzen, legst dich auf mich, während Oasis *Take me to the place where you go* singen. Ich erinnere mich genau an den Tag, als ich dieses Lied zum ersten Mal gehört habe. Es war ein Abend im Sommer. Die Musik war laut. Eine Discokugel drehte Sterne im Kreis. Jemand zog mich auf die Tanzfläche und küsste mich.

Endlich sind wir wieder glücklich. Diese Tage, kurz nachdem das Gewitter über uns verschwunden ist, sind so leicht, dass sie fast davonfliegen. Wir küssen uns im Auto. Im Supermarkt. Im Schwimmbad. Alle sollen sehen, wie glücklich wir sind. Alles ist neu zwischen uns. Wir lieben uns losgelöster. Wir küssen uns inniger. Wir reden nicht mehr über Pläne. Nicht über das Haus. Nicht über das, was sein sollte, wie es zu sein hat. Alles, was sich zwischen uns drängt, haben wir ausgeklammert, und alles, was zählt, sind wir. Wir sagen uns, wie sehr wir uns lieben, immer und immer wieder. Als könnte unsere Liebe wieder verschwinden, sobald wir aufhören, es auszusprechen. Unsere Welt zerplatzt fast vor Glück. Sie ist wie ein riesiger Ballon, in den wir zu viel Luft geblasen haben. Prall und glänzend rot tanzt er über uns.

Wir liegen am See. Es ist einer der letzten Sommertage. Der Herbst liegt schon in der Luft. Die Berge spiegeln sich im Wasser. Der Wind rauscht durch die Blätter. Unsere Beine ineinander verkeilt. Du streichst mir durch die Haare. Wie schön du bist, sagst du. Deine Augen sind hell, das Licht spiegelt sich darin. In meinem Bauch so ein Flattern, wie damals, am Anfang.

Neben uns liegen zwei Schwäne in der Sonne, ihre Köpfe zwischen den Federn versteckt.

Entschuldigen Sie?

Ein Mädchen steht hinter uns, wir hatten es nicht bemerkt.

Gehören diese Schwäne Ihnen?

Ja, sagst du, sie sind bissig, komm ihnen lieber nicht zu nah.

Aber sie haben meinen Ball.

Du stehst auf und holst den Ball, der zwischen den Schwänen liegt. Einer steht kurz auf, öffnet nervös seinen Schnabel und legt sich wieder hin, als du dich von ihm entfernst.

Das Mädchen nimmt den Ball, bleibt aber hinter uns stehen und beobachtet die Schwäne.

So ein Kind will ich auch, sagst du und legst dich neben mich.

Ich schlucke meine Angst hinunter, schiebe alle Zukunft weit von mir weg. Ich konzentriere mich auf unser Glück. Aber seit Wochen sehe ich nur mehr Kinder und Schwangere und Mütter. Drehe ich den Fernseher auf, lacht mir ein kleines Kind in Windeln entgegen, steht eine fröhliche Mutter in der Küche, streicht eine Schwangere Cremes auf ihren Bauch, lacht eine Mutter über die dreckigen Kinderkleider in ihrer Hand, sitzt eine glückliche Familie auf dem Sofa, turnen übermütige Kinder auf ihren Vätern. Sie haben ein strahlendes Lächeln im Gesicht, wie angeklebt, ihre Augen schimmern gläsern. In jedem Film, den ich mir ansehe, geht es jetzt um Kinder. In jeder Werbung, Zeitung, in jedem Buch, auf jedem Plakat: Familien, Kinder, Mütter oder Schwangere. Als ob es im Leben nichts anderes geben würde, als ob die Fortpflanzung das einzige Wunder wäre, zu dem der Mensch fähig ist, als ob man uns ständig vor Augen führen müsste, dass das unsere wahre Bestimmung ist. Mein zukünftiges Leben läuft als Film in meinem Kopf ab. Jeden Tag sehe ich andere Bilder und Szenen. Wie der Bauch sich unter mir aufspannt, sodass ich meine Füße nicht mehr sehen kann. Wie ich den ersten Stoß spüre. Wie du deinen Kopf auf meinen Bauch legst. Wie der Kopf aus meinem Unterleib ragt. Wie ich schreie und du nicht bei mir bist. Wie ein blutiger Klumpen auf meinem Bauch liegt. Wie es in meinen Armen liegt. Wie es schreit und ich es nicht beruhigen kann. Wie es still neben mir liegt. Wie es die Augen schließt, wenn es meine Stimme hört. Wie ich Schlaflieder singe. Wie die kleinen Hände nach mir greifen. Wie es an meiner Brust einschläft. Das erste Lachen, die ersten Worte, die ersten Schritte. Wie es mir zum ersten Mal aus dem Arm fällt. Wie es über die Straße und in ein Auto hineinläuft. Wie es sich die Knie aufschlägt. Wie es sich den Kopf aufschlägt. Wie es ertrinkt, weil ich es in der Wanne vergessen habe. Wie es erstickt, weil ich geschlafen habe. Wie es stürzt und ich es nicht mehr halten kann. Wie es zu früh auf die Welt kommt. Wie es im Brutkasten liegt und ich es nicht berühren darf. Wie etwas sein könnte. Immer etwas sein könnte. Wie ich es nicht lieben könnte. Woher weiß ich denn, dass ich es lieben werde.

Marlene ruft mich jetzt jeden Tag an.

Und, sagt sie, was hat er gesagt?

Ich sag es ihm erst.

Warum sagst du es nicht?

Ich sag es ihm ja.

Manchmal versteh ich dich nicht.

Morgen, sage ich, spätestens übermorgen.

Ich bin so müde. Wenn ich morgens aufwache, könnte ich sofort wieder schlafen. Alex hat mich angerufen, mich angebettelt, dass ich zum Klassentreffen gehe. Es ist das erste seit fünfzehn Jahren. Also schleppe ich mich hin.

Sie sitzen schon alle am Tisch, als ich komme, ich bin die Letzte. Sie umarmen mich überschwänglich. Wir küssen uns auf die Wangen. Sie sind ähnlich wie damals gekleidet, nur ein wenig konservativer. Sie tragen dieselben Frisuren, nur ein wenig ordentlicher. Ihre Gesichter sind dieselben geblieben, nur ein wenig gezeichnet von den Jahren. Augenringe, kleine Falten und an manchen Fingern stecken Ehe- oder Verlobungsringe. Nach der Schule sind die meisten arbeiten gegangen, sind Sekretärinnen oder Lehrerinnen geworden. Nur eine ist weggezogen und nicht zum Treffen gekommen.

Weißt du noch, Andi, wie wir Schule geschwänzt haben, uns vormittags betrunken haben. Erinnerst du dich noch, wie du abgehauen bist, mitten im Unterricht. Weißt du noch, wie wir in Frankreich über die Autobahn gelaufen sind, mit gestohlenen Weinflaschen im Rucksack.

Während wir Frühlingsrollen und kantonesischen Reis essen, reden wir von früher, jede übertrumpft die anderen mit Geschichten, die meisten gehen auf meine Kosten. Nur ich bin von der Schule suspendiert worden. Nur ich habe immer die Schule geschwänzt. Nur ich habe mich ständig danebenbenommen, um aufzufallen, um mit dem Verschwinden meiner Mutter klarzukommen. Sie sagen: Die Zeit geht so schnell vorbei. Wie lange ist das her. Wo sind die Jahre hin. Könnte man die Zeit doch zurückdrehen.

Du hast dich verändert, Andi, du bist ernst geworden, sagt Nadja.

Ich bin älter geworden, sage ich.

Geht es dir gut?

Du sagst so wenig, sagt Alex.

Die Arbeit.

Dann such dir doch was anderes.

Du weißt, wie schwierig es hier ist. Ich müsste mich selbstständig machen, dann könnte ich machen, was ich will.

Arbeit ist nicht alles, sagt Lena, ich verdiene so wenig, es zahlt sich gar nicht aus. Ich werde nur mehr ein Jahr arbeiten und dann mal zu Hause bleiben. Mein Mann verdient gut.

Du hast geheiratet?, fragt Nadja.

Letzten August.

Wen denn?

Niemanden von hier.

Woher dann?

Albanien – sag, was du sagen willst.

Hauptsache, ihr seid glücklich.

Du bist genauso wie damals.

Sind doch schon genug da. Musst du auch noch einen heiraten?

Mir reicht's, sagt Lena und geht nach draußen.

Warum fängst du immer damit an, sage ich, was ist dein Problem?

Das ist meine Meinung, und du hast deine Meinung, sagt Nadja.

Wie geht es deinen Kindern? Alex wechselt das Thema, wie sie es immer gemacht hat. Es gibt Dinge, die sich nie ändern.

Schnell wandert das Gespräch hin zu den anderen Themen, die wichtiger sind. Das sind die großen Themen, über die man jetzt spricht in meinem Alter. Kinder und

Hochzeiten. Hausbau. Eigentumswohnungen. Die meisten haben schon Kinder: ein bis zwei. Haben Wohnungen gekauft, Häuser renoviert oder sind zu ihren Männern und Schwiegereltern in kleine Dörfer gezogen. Sie sagen: Hochzeitskleid. Hochzeitseinladungen. Sie sagen Heiratsantrag. Eheringe. Maßanfertigung. Hochzeitsstrauß. Renovierung. Kredit. Bauförderung. Steuervergünstigung. Erstes Kind. Zweites Auto. Zweites Kind. Drittes Kind. Sie sagen: Junggesellenabschied. Schwiegermutter. Schwiegervater. Sie sagen: Babysitter. Stilleinlagen. Kindergarten. Mutterschutz. Sie sagen »mein« zu ihren Männern. Ihre Münder gehen auf und zu, wie Kaulquappen, kleine Luftblasen steigen über ihren Köpfen auf.

Was ist mit dir, Andi, sagt Nadja, willst du nicht auch endlich Kinder?

Seit wann trinkst du keinen Alkohol, sagt Alex.

Ich lache laut auf, etwas zu laut, etwas zu künstlich.

Antibiotika, sage ich.

Das glaub ich dir nicht.

Noch nie konnte ich gut lügen, schon gar nicht vor Alex, sie durchschaut mich noch immer, nach so vielen Jahren. Alle sitzen sie da, mit ihren Kindern und ihren Häusern und ihrer Bilderbuchfamilie, erwartungsvoll schauen sie mich an, mit einem Grinsen, warten darauf, dass ich es endlich sage. Aber ich sage es nicht.

Lasst mich in Ruhe mit euren Kindern, sage ich, das ist doch nicht alles. Warum geht es immer nur darum, habt ihr kein eigenes Leben mehr?

Das Kind bewegt sich, lese ich. Es schlägt Salto. Es dreht sich um sich selbst. Das Kind hat Muskeln. Es kann die Arme und Beine bewegen, den Kopf drehen und eine Faust machen. Noch spüren Sie die reflexartigen Bewegungen nicht. Außenohr und Nasenspitze, Daumen und Zeigefinger entwickeln sich langsam auseinander, die Augen sind weit geöffnet und noch nicht von den Lidern bedeckt. Das Herz ist vollständig und in eine rechte und linke Herzhälfte unterteilt. Ihr Baby ist nun ein ganzer Mensch, alle Organe sind angelegt.

Wir sitzen in der Achterbahn. Unsere Finger fest ineinander verschränkt. Wir rattern steil nach oben, während die Kinks *Wish I could fly like Superman* singen. Ein Ziehen in meinem Bauch, das Herz klopft mir bis zum Hals. Ich drücke deine Hand, du drückst zurück. Wir können alles schaffen, solange wir uns haben, was soll uns denn passieren. Du bist doch hier, du warst doch immer schon hier. Aber dann schreie ich trotzdem, so laut, dass meine Stimmbänder schmerzen. Ich habe Angst. Zu sterben. Zu fallen. Und während wir hinauf- und hinunterfahren, kopfüber, das Fauchen der Achterbahn in meinen Ohren, unsere Körper geschüttelt werden, unsere Hände in der Luft, bin ich erleichtert, dass es diese Angst auch noch gibt, die alles andere wieder relativiert.

Ich spreche es aus. Die Worte schlängeln sich aus meinem Mund, als würden sie nicht zu mir gehören. Ich sehe uns zu, als würde ich neben uns stehen, eine Zuschauerin, die das alles nichts angeht. Du fragst nicht, wie hat das passieren können. Wie stellst du dir das vor. Wie sollen wir das schaffen. Natürlich nicht. Dein Gesicht strahlt. Deine Augen leuchten. Du nimmst meine Hand, und ich sehe uns dabei zu, wie wir gemeinsam nach Hause gehen, wie zwei, die zusammengehören, eine kleine Familie, die nichts auseinanderbringt. Wie wir uns ins Bett legen. Es ist immer noch klein, aber nicht eng, wenn wir unsere Körper aneinanderdrängen. Wie du meinen Kopf streichelst und deine Wärme mich beruhigt. Wie dein Atem langsamer wird, bis du eingeschlafen bist. Und erst als sich deine Brust langsam hebt und wieder senkt, wird mir bewusst, dass es jetzt kein Zurück mehr gibt. Wir erwarten ein Kind. Wir sind ein erwachsenes Paar mit Verantwortung. Und kurz wird die Luft dünn, presst sich etwas gegen meine Brust. Kurz schnürt es mir den Hals zu, bis ich eingeschlafen bin und an einem anderen Morgen erwache.

Du beginnst den Tag mit einem Kuss auf meinen Bauch. Du schaltest das Radio ein. *If you start me up, if you start me up, I'll never stop.* Du nennst mich Prinzessin. Du sagst, dass jetzt du für mich sorgst. Nur weil etwas in mir ist, das sechs Zentimeter groß ist. Ich darf mich nicht bewegen und bleibe liegen, der Geruch von Kaffee und Croissants dringt ins Schlafzimmer. Du bringst mir das Frühstück ans Bett und legst dich zu mir. Du strahlst über das ganze Gesicht. Wann habe ich dich das letzte Mal so glücklich gesehen. Du singst mit den Rolling Stones, und immer, wenn du *start it up* singst, trommelst du mit den Fingern auf meinen Bauch.

Man sieht ja noch gar nichts, sagst du, wann werden wir es spüren? Wie schnell wächst es? Glaubst du, es kann mich hören? Wann sagen wir es meinen Eltern?

Sei nicht so ungeduldig, alles zu seiner Zeit.

Du streichelst meinen Bauch und flüsterst seltsame Dinge hinein.

Es kann dich nicht hören, will ich sagen, hör bitte auf. Stattdessen schließe ich die Augen. Hör du damit auf, sage ich mir, es ist o. k. Es ist doch schön, dass du dich freust.

Es ist nur ein Bauch, sage ich und ziehe dich aus, noch ist es nur ein Bauch mit einem Wurm drin.

Wurm, so nennst du es?

Seit wir glücklich sind, wachsen unsere Welten allmählich zu einer zusammen. Wir gehen nur selten allein irgendwohin, gehen gemeinsam einkaufen, Auto waschen, frühstücken. Wir fahren gemeinsam zur Arbeit. Wir telefonieren in jeder Mittagspause miteinander. Wir stricken unseren Alltag in ein enges Korsett aus Terminen und Abmachungen, als wäre das jetzt unser Rezept für ein glückliches Leben. Wir sagen viel öfter »wir«. Das Wir wächst jeden Tag, es wird größer und stärker. Das Wir ist der Anfang und das Ende jeden Gedankens.

Abends sitzen wir vor dem Fernseher. Wir reden über unsere Arbeit, aber halten uns kurz, du erzählst, dass die Architekten ständig deine Pläne korrigieren und deine Arbeit nicht anerkennen. Ich ärgere mich über die Wellnessfotos und Carpe-diem-Sprüche, die ich täglich in Szene setzen muss. Beide sind wir froh, dass wir jetzt über wichtigere Dinge sprechen können. Dass es noch ein anderes Leben gibt, das sich außerhalb unserer Arbeit bewegt. Wir spielen mögliche Namen durch, erfinden die Zukunft unseres Kindes.

Es könnte Pilotin werden, sage ich, oder Basketballspieler.

Geschichtslehrer, sagst du, oder Ärztin.

Du streichelst meinen Bauch, immer zuerst den Bauch und dann mich. Du redest jeden Tag mit dem Baby, damit es sich an deine Stimme gewöhnt. Jetzt ist es sogar entspannend, wie eine Gute-Nacht-Geschichte, die mich in den Schlaf fallen lässt. Wir machen alles genau so, wie es in den Magazinen steht: die letzte Zeit zu zweit genießen. Den Bauch betrachten, obwohl er genauso groß ist wie zuvor. Schwangerschaftsbücher vorlesen. Babysachen kaufen, obwohl ich das Kind noch immer verlieren könnte, aber die Ungeduld, die so normal ist, treibt uns dazu. Wir reden jeden Tag über das Kind. Wir sagen jeden Tag Ähnliches, aber in Variationen, und die Tage gleichen sich so sehr, dass ich sie in meiner Erinnerung nicht voneinander unterscheiden kann. Einmal lesen wir Mädchennamen, einmal Jungennamen, einmal informieren wir uns über die richtige Ernährung, über die Entwicklung des Kindes, über das Stillen. Müsste ich die Zeit jetzt nicht in Schwangerschaftswochen einteilen, könnte ich nicht sagen, wie viele Tage schon vergangen sind, seit wir wieder glücklich sind. Vielleicht ist das Glück ja dazu da, die Zeit zu vergessen, nicht mehr in Stunden, Tagen, Wochen, Monaten zu rechnen. Damit dieses Leben wie ein Schnellzug an uns vorbeizieht.

Wann war der erste Tag Ihrer letzten Periode?

Zwei Frauen stehen vor uns, Mutter und Tochter. Wir warten hinter ihnen. Die Tochter übersetzt für die Mutter. Ich kenne sie flüchtig, sie wohnen in meiner Nähe.

Meine Mutter ist in der Menopause.

Nehmen Sie Medikamente? Hatten Sie eine Fehlgeburt oder eine Abtreibung?

Zwei Abtreibungen, eine Fehlgeburt, sagt die Tochter, etwas leiser.

Du bist irritiert und schaust betreten zur Seite.

Sie hat starke Blutungen, sagt die Tochter.

Hinter uns stehen zwei weitere Frauen, wir hören jedes Wort. In den Vorräumen und Wartezimmern der Arztpraxen gibt es keine Privatsphäre. Egal, wie viele noch warten, wie viele mithören, die Assistentinnen spulen ihre Fragen ab und nehmen die Antworten – Antidepressiva, Herzinfarkt, Abtreibung, Krebs, Fehlgeburt – zur Kenntnis, als hätten sie nur Formulare vor sich. Im Wartezimmer werden wir ihnen dann gegenübersitzen, mit meiner

Mandarine im Bauch werde ich sie ansehen, sie anlächeln, aber ich werde mich fragen, wann sie abgetrieben hat, ob es vor oder nach ihrer Tochter war. Ob die Fehlgeburt nach den Abtreibungen war, warum es zwei Abtreibungen waren. Ob sie zu viele Kinder hatte, nicht bereit für ein Kind war, ob sie sich kein Kind mehr leisten konnte oder vergewaltigt wurde. Ob es überhaupt einen Grund dafür gibt. Ob sie mit ihrem Mann darüber gesprochen hat. Und dann wird sie hinter der Tür verschwinden, und zurück bleiben wird dieses Gefühl, in ein Leben eingedrungen zu sein, ein Urteil gefällt zu haben, das mir nicht zusteht. Warum fragen nicht die Ärzte nach diesen Dingen, hinter geschlossenen Türen. Was geht es die anderen an.

Als wir an die Reihe kommen, fragt sie mich nicht nach meiner letzten Periode. Sie schiebt ihre Brille zurecht und lächelt dich an. Und dann mich.

Sie kommen zur Ultraschalluntersuchung, sagt sie und lächelt dich schon wieder an, als wäre es das erste Mal, dass ein Mann diese Praxis betritt.

Hören Sie damit auf, möchte ich sagen, aber ich werfe ihr nur einen bösen Blick zu und gehe ins Wartezimmer voraus. Als du eintrittst, schauen dich alle Frauen an, dasselbe dumme Lächeln in ihren Gesichtern, wissend, anerkennend, Mut zusprechend. Du siehst die Frauen nicht an, setzt dich in den Sessel und bist riesengroß, wie ein Elefant im Porzellanladen. Du nimmst eine Zeitschrift und legst sie gleich wieder zurück, faltest die Hände im Schoß.

Das machst du immer, wenn du dich unwohl fühlst. Du flüsterst so leise, dass ich kein Wort verstehe.

Sprich doch lauter, sage ich.

Soll ich wirklich mit reingehen?

Er gibt zuerst dir die Hand und dann mir. Wir setzen uns. Du hältst dich im Hintergrund und machst deinen Mund nur auf, wenn du gefragt wirst. Der Arzt ist gut gelaunt. Höflicher. Freundlicher. Er macht Witze, um die angespannte Stimmung aufzulockern. Ich mache mich unten frei, während du mit dem Arzt im Vorzimmer bleibst.

Sie sind zum ersten Mal beim Frauenarzt.

Das kann man wohl sagen.

Durchbrochen von lautem Gelächter, fragt er dich nach deinem Beruf und spricht von großen Veränderungen. Ich höre nur vage, worüber ihr redet.

Die Kontrolle ist in wenigen Minuten erledigt, während der du gebückt auf deinem Stuhl sitzt und auf den Boden schaust. Dann schmiert der Arzt kaltes Gel auf meinen Bauch.

Sehen Sie her!

Auf dem Bildschirm sind Schattenspiele zu erkennen, Umrisse eines kleinen Klumpens, der seinen Kopf und seine Beine bewegt. Er hat eine kleine runde Nase, die Lippen sind schon zu erkennen. Die Arme sind kurz und liegen am Körper an, wie bei einem Tyrannosaurus. Er wippt mit den Beinen, gleitet in meiner Gebärmutter auf und ab, als wüsste er, dass wir ihn beobachten.

Hören Sie den Herzschlag?

Ein schnelles Pochen, laut und mechanisch, hört sich so ein Herz an?

Du hältst meine Hand und dieses Lächeln schleicht sich wieder in dein Gesicht.

Das ist unser Baby, sagst du.

Ich soll nicht fasten. Ich soll nicht für zwei essen. Mehr Eiweiß. Mehr Vitamine, Eisen, Magnesium. Unbedingt Mineralstoffe und Folsäure. Auf keinen Fall Zigaretten und Alkohol. Kein Rohschinken, Speck und Rohmilch. Kein Brie. Keine Mozzarella. Keine Meeresfrüchte, rohes Fleisch und Salami. Kein Kaffee, kein Schwarztee. Kein Fast Food, Konserven, Cola und Energydrinks. Obst und Gemüse immer gründlich waschen, vorgewaschene Salate sind zu vermeiden. Zwei bis drei Fischmahlzeiten pro Woche. Aber kein Aal. Kein Rotbarsch, Steinbutt, Heilbutt, Seeteufel oder Thunfisch. Kein Sushi. Keine frisch gepressten Säfte, sie könnten Keime enthalten. Keine Sprossen und Keimlinge. Kein Tiramisu oder Mayonnaise, keine rohen Eier, sie könnten Salmonellen enthalten. Keine vegetarische Ernährung, die ausreichende Zufuhr an Eiweiß, Vitamin B12, Calcium und Eisen ist laut Medizinern nur schwer sicherzustellen. Zucker vermeiden und Weißmehlprodukte. Auf Schokolade und Chips verzichten. Keine Medikamente. Kein Hochleistungssport. Kein Tennis, Reiten, Tauchen. Schwimmen und Laufen sind unbedenklich. Keine Fernreisen. Flugreisen sind möglich, ab der sechsunddreißigsten Woche werden Schwangere allerdings nicht mehr mitgenommen.

Man wächst hinein. Schritt für Schritt. Alles wird sich weisen. Zerbrich dir nicht den Kopf. Nicht zu viel nachdenken. Mach dich nicht verrückt. Alles wird sich ergeben. Alles wird gut werden. Das Schönste im Leben. So eine Liebe hast du noch nie gespürt. Nachher weißt du, es ist das Beste, was dir passieren konnte.

Wir sitzen im Kreis bei unserer wöchentlichen Besprechung. Wir gehen die Terminpläne durch. Die Verteilung neuer Projekte. Eine Kollegin wird nach ihrer Karenz wieder zurückkommen. Ihre Stelle als Projektleiterin ist vergeben.

Wir könnten unser Marketing ausbauen, sagt Sandra, oder neue Projekte an Land ziehen.

Unser Chef schüttelt den Kopf.

Wir werden etwas anderes für sie finden. Wir sind nicht dazu verpflichtet, ihr die gleichen Aufgaben zurückzugeben. Wir sind ein kleines Büro mit wenigen Mitarbeitern. Wir können die Stelle nicht so lange freihalten.

Das sind ja gute Aussichten, sage ich.

Sie könnte doch im Sekretariat aushelfen, sagt er, was ist denn dabei.

Du sagst es vorsichtig. Glaubst du nicht, dass jetzt ein guter Zeitpunkt wäre. Dann hätten wir das alles schon hinter uns, wenn es da ist. Dann könnten wir jetzt in Ruhe. Dann wäre alles schon vorbereitet. Du wohnst doch jetzt schon die halbe Woche bei mir. Wir müssen zusammenziehen, jetzt, wo wir ein Kind erwarten. Wir können alles so gestalten, wie wir es wollen. Du musst keine Miete mehr bezahlen. Meine Eltern helfen uns mit dem Kredit. Sie passen auf das Kind auf, wenn wir arbeiten. Du musst die positiven Dinge sehen. Wer hätte schon so einen Luxus.

Aber ich wollte doch einmal in der Stadt wohnen, sage ich, ich wollte doch einmal wegziehen von hier. Ich wollte einmal raus aus diesem Dorf, weg von den Leuten hier. Ich wollte doch nie bei den Schwiegereltern wohnen, nie einen Kredit aufnehmen. Eine Eigentumswohnung war nie mein Wunsch. Was habe ich hier schon für Möglichkeiten. Was wird das aus uns machen, wenn wir bei deinen Eltern wohnen.

Was soll es schon mit uns machen, und was stört dich denn an den Leuten, was stört dich nur an diesem Dorf. Du kannst doch auch so in die Stadt fahren, du kannst dir doch trotzdem eine Arbeit dort suchen, wir müssen nicht dort wohnen, eine teure Mietwohnung bezahlen. Die Leute in der Stadt sind dieselben wie hier. Das redest du dir alles nur schön, das sind doch nur Ausflüchte, Ausreden. Was ist der eigentliche Grund? Warum machst du alles so kompliziert? Warum sagst du nicht endlich Ja?

Ich gebe auf, sage ich, gut. Aber deine Eltern bekommen keinen Schlüssel. Wir sitzen nicht jeden Sonntag bei ihnen. Wir lassen uns nicht dreinreden, wie wir zu leben, unser Kind zu erziehen haben. Ich will ein Atelier. Du stehst auf meiner Seite, deine Familie bin jetzt ich. Wir leben unser eigenes Leben.

Ja, sagst du, aber ja doch, alles, was du willst, Hauptsache, du ziehst endlich zu mir.

Immer wieder dieser Traum: Ich bin in einer Achterbahn. Mit dir. Ich habe mich nicht richtig angeschnallt. Sie fährt los. Ich halte mich fest und habe furchtbare Angst zu sterben. Immer wenn ich erwache, zittern meine Hände, meine Beine, mein Herz.

4

Ich sitze in der Kirche. Du kniest neben mir und betest. Deine Lippen bewegen sich, doch es kommt kein Ton heraus, du kennst den Text nicht, aber du machst mit, nur heute, ausnahmsweise, schließlich bist du der Trauzeuge. Die Bänke sind dicht gefüllt. Die Stimmen überwerfen sich. Die meisten verpassen den Einsatz. Gebenedeit ist die Frucht deines Leibes. Bitte für uns Sünder. Manche sind in Tracht gekommen, selbst einige in unserem Alter. Draußen am Altar stehen Daniel und Anna. Sie halten sich an den Händen. Sie sehen nervös aus. Die Luft riecht nach Weihrauch. Die monotone Stimme des Pfarrers hallt durch die hohen Räume der Kirche und spricht von Liebe, von Sünden, von Ewigkeit, von guten und schlechten Zeiten bis zum Tod. Annas Kleid ist voller Rüschen und Spitzen, die Schleppe so lang, dass die Kinder sie tragen mussten. Sie sieht aus wie eine Prinzessin. In ihren Haaren kleine Perlen, ein Schleier aus Tüll daran befestigt. Wir stehen auf. Steckt einander den Ring der Treue an. Daniel nimmt Annas Hand: Vor Gottes Angesicht nehme ich dich an als meine Frau. Ich verspreche dir die Treue in guten und bösen Tagen, in Gesundheit und Krankheit, bis der Tod uns scheidet. Ich will dich lieben, achten und ehren alle Tage meines Lebens. Trag diesen Ring als Zeichen unsrer Liebe und Treue: Im Namen des Vaters und des Sohnes und des Heiligen Geistes. Der Priester legt seine Stola um die beiden und segnet sie, dann kommen die Eltern zum Altar. Andächtig bekreuzigen Daniel und Anna ihre Stirn, während der Chor ein Lied von den Beatles singt. Deine Mutter tupft sich mit einem Taschentuch die Tränen vom Gesicht.

Die Messe hätte kürzer sein können, sagt dein Onkel, als die Zeremonie zu Ende ist, dass diese Pfarrer immer so viel reden müssen.

Wir bilden ein Spalier und bewerfen das glückliche Paar mit Reiskörnern. Die Blumenmädchen streuen weiße Rosenblätter auf den Boden, und dann lassen wir Ballons steigen. Jeder schreibt einen Wunsch für das Brautpaar auf einen Zettel und bindet ihn fest. Ich zeichne kleine Kreise darauf, die wie Seifenblasen aussehen. Ich beobachte deinen Vater, wie er den Stift über das Papier gleiten lässt. Ich lese: langes Glück und viele Kinder.

Ich lasse meinen Ballon los und sehe nach oben. Der Himmel ist voll violetter und weißer Luftballons. Sie tanzen am Himmel, steigen höher und höher, der Wind trägt sie davon, bis sie immer kleiner werden und schließlich verschwinden.

Die Tische sind kreisförmig angeordnet und mit Lavendel und weißen Rosen gedeckt. Alles ist weiß und violett. Weiße Tischdecken, riesige Weingläser. Weiße und violette Lampions und Kerzen. Es gibt eine Sitzordnung. Daniel und Anna waren ganz aufgelöst, weil einige Gäste doch nicht gekommen sind und die Sitzordnung durcheinandergebracht haben. Auf jedem Tisch liegen kleine Säckchen mit Lavendel, darauf ein geschnörkelter Schriftzug: »Wer Liebe sät, wird Liebe ernten.« Wir sitzen gleich neben dem Brautpaar. Ein eigener Tisch, der alle anderen Tische überblickt. Die Schwester von Anna läuft hektisch herum. Ein Spiel jagt das andere. Nur während des Essens gibt es eine kurze Verschnaufpause.

Wir spielen jedes Spiel mit. Dazwischen zeigen sie Bilder von Daniel und Anna. Wie sie jung waren und älter geworden sind. Und dann hältst du eine Rede. Du stehst auf, das Weinglas zittert in deiner Hand. Du trägst einen schönen Anzug. Eine weiße Rose steckt in deiner Brusttasche. Du riechst nach Lavendel und Aftershave. Wenn ich mir ein glückliches Paar vorstellen müsste, sagst du, dann wäre es Daniel und Anna. Sie bereichern sich und auch uns mit ihrer Liebe. Auf viele glückliche Jahre.

Alle klatschen. Ich streiche dir über deinen Rücken. Du ziehst mich an dich, küsst mich lange und innig. Ich liebe dich, flüsterst du mir ins Ohr.

Es geht los, ruft Annas Schwester, kommt. Anna stellt sich auf eine Treppe und dreht sich um.

Andi, was ist mit dir, sagt deine Mutter.

Mir ist schwindlig, sage ich, ich muss mich kurz ausruhen.

Du wirst doch nicht …

Nein, sage ich, ich hab niedrigen Blutdruck.

Sie sieht mich kurz an, mit diesem wissenden Blick, stößt deinem Vater in die Seite und flüstert ihm ins Ohr.

Die Frauen lachen und kreischen, auch die kleinen Mädchen stellen sich hinter Anna. Alle warten sie, bis Anna den Strauß wirft.

Seid ihr bereit?

Sie nimmt alle Kraft zusammen und wirft ihn so weit wie möglich. Der Strauß fällt auf den Boden. Die Frauen laufen hin, wie eine Horde von Tieren, eine wirft sich sogar auf den Boden. Die Siegerin hält den Strauß triumphierend nach oben und stolziert durch die Menge. Alle klatschen und jubeln.

Über uns hängen lauter Lampions. Auf der Tanzfläche tanzen Daniel und Anna. Sie muss ihr Kleid mit einer Hand halten, damit es nicht über den Boden streift. Sie sehen müde und glücklich aus. Du drückst mich an dich, und wir tanzen inmitten der anderen Paare. Du vergräbst deinen Kopf in meinem Nacken. Deine Stimme im Ohr. Dein Geruch auf meiner Haut.

Was würde ich nur ohne dich tun, sagst du.

Jetzt ist doch alles wieder gut.

Freust du dich wirklich auf unser neues Zuhause?

Aber ja doch, sage ich, ich will mit dir leben. Nur deine Eltern …

Du drehst mich und noch mal und wieder und wieder, bis alles um mich kreist und ich lachend in deine Arme falle.

Also bringen wir es hinter uns.

Wir sind schwanger, sagst du. Deine Mutter und dein Vater sitzen uns gegenüber. In ihren Gesichtern derselbe Ausdruck. Dasselbe Strahlen. Dieselbe Freude. Nur drei Wörter sind es, die unser Leben verändern, die unser kleines Geheimnis nach draußen tragen, das bisher wohlgebettet zwischen uns lag. Alles, was wir noch nicht ausgesprochen, nicht einmal gedacht haben, wird jetzt aus unserem Innersten herausgezogen. Ihre Fragen steuern zuerst zaghaft, dann immer bestimmter auf uns zu. Seit wann. Warum erfahren wir das erst jetzt. Ist es gesund. Ist es ein Mädchen. Man sieht ja noch gar nichts. Wann ist der nächste Kontrolltermin. Wer ist dein Frauenarzt. Wann zieht ihr ein. Wann renovieren wir. Wann gehst du in Mutterschutz. Wie lange bleibst du zu Hause. Wann kaufen wir die Einrichtung. Wohin soll das Kinderzimmer. Braucht ihr ein zweites Auto. Habt ihr schon einen Namen. Warum isst du so wenig.

Die Stimmen überwerfen sich mit freudigem Gelächter, sie verschmelzen ineinander und schwellen zu einem unerträglichen Lärm an. Wahrscheinlich wisst ihr nicht, wie ähnlich ihr euch seid, wie sehr sich eure Stimmen und Redeweisen einander angepasst haben. Das ist nur der Anfang. Dieser Strudel wird uns immer weiter nach unten ziehen. Aber vielleicht zieht dieser Strudel nur mich nach unten, während du sorglos an der Oberfläche weiterschwimmst. Du lächelst nämlich, immerzu, du machst nichts anderes mehr, seit du weißt, dass du Vater wirst, und jetzt badest du dich im Stolz deiner Eltern, richtig glücklich bist du, es ist kaum zu ertragen. Dieses ganze Familiending ist wohl das, was du immer gewollt hast. Nur ich habe es nicht gesehen, habe es übersehen. Vielleicht kommen diese Seiten auch erst jetzt zum Vorschein, in einem Alter, wo man reif für Familie ist.

Ich schließe meine Augen, zähle lautlos bis zehn. Ich sehe meine Mutter, wie sie immer weiter verschwindet, bis sie nicht mehr zu sehen ist. Ich sehe meinen Vater, wie er mich ansieht, mit diesem hilflosen Blick. Dieser Blick macht mich immer noch wütend. Das ist jetzt meine Familie, sage ich mir. Meine Schwiegermutter, mein Schwiegervater, mein Mann und in mir mein Kind. Auch ich sage »mein«, weil man das sagt in Familien. Alle sind ein Teil von mir. Das Kind schweißt uns zusammen, es bindet unsere Lebensfäden aneinander, fest und immer fester mit den Jahren, sie reißen nie, nicht in guten, nicht in schlechten Zeiten. Die Familie gibt Halt. Sie nimmt und sie gibt. Familie ist Glück. Familie ist Zukunft und Sicherheit. Sie ist die Heimat des Herzens. Die Quelle der Freude. Familie ist, wo Leben anfängt und Liebe niemals endet. Familie ist, für den Rest deines Lebens nie mehr allein zu sein. Familie ist das, was bleibt, wenn alle dich verlassen haben.

Das ist jetzt mein Leben, sage ich mir. Ich sehe meine Schwiegermutter an, wie ihre Augen ganz groß werden und ein wenig glänzen, wenn du über das Kind sprichst. Sie hält dich am Handgelenk. Ein seltsames Bild, als wärst du noch immer der kleine Junge, den man an die Hand nehmen muss. Sie ist gut gekleidet, immer passt alles zusammen, selbst die Armbänder und Halsketten sind passend zur Kleidung ausgewählt, sie trägt roten Lippenstift, eine moderne Frisur, die Haare rot gefärbt. Sie schaut zehn Jahre jünger aus, als sie ist, eine bildhübsche Frau. Trotzdem gibt es da in ihrem Gesicht so einen Ausdruck, der etwas verbittert ist, sie unnahbar macht, obwohl sie sich freundlich und offen gibt. Als wäre alles eine Fassade. Mein Schwiegervater sitzt unbeteiligt da, er zwinkert mir zu, wenn er merkt, dass ich ihn ansehe. Sein Schnurrbart verdeckt die Oberlippe, und um seine Augen sind kleine Falten, die ihn verschmitzt aussehen lassen. Er hat einen dicken Bierbauch, auf dem er seine Arme abstützt. Seine Haltung ist etwas selbstgerecht, der Herr des Hauses, der nicht nur körperlich viel Platz einnimmt, der selten etwas sagt, aber wenn, dann hat es Gewicht. Nur wenn seine Frau zu viel redet, verdreht er die Augen, wenn sie anfängt, mich zu löchern, zwinkert er mir zu, macht uns zu Verbündeten. Da rein, da raus, sagt er damit, aber wenn es drauf ankommt, steht er hinter ihr, dann hat sie das letzte Wort und er nichts mehr zu sagen.

Er steht auf, holt kaltes Bier aus dem Keller, eines für ihn, eines für dich. Er öffnet es mit einem Zischen, stellt es vor dich hin.

Auf unser Enkelkind.

Auf Andi.

Auf uns.

Ich tauche wieder ein in eure Stimmen. Du hältst meine Hand, so sanft, dass ich es kaum bemerke. Jetzt sprichst du schon von unseren Umzugsplänen, über all das, worüber wir am Vortag gesprochen haben, nur über meine Bedingungen nicht, nicht über meine Zweifel. Du sagst nicht, dass es diese Sicherheit nicht gibt, die du dir so sehr wünschst. Dass ich nicht diese Frau bin. Die sich über die neue Wohnung freut, die es kaum erwarten kann, Mutter zu werden, die sagt: Familie ist alles. Dass es nur ein Versuch ist.

Ich kann nichts garantieren, sagte ich, es ist auch mein Leben.

Endlich, sagen sie, endlich seid ihr euch einig.

Es ist alles ganz harmlos, sagst du, als wir wieder in deiner Wohnung sind. Du malst alles zu schwarz, lass es auf dich zukommen. Jeder führt sein Leben. Sie lassen uns in Ruhe. Glaubst du wirklich, dass wir sie jeden Tag sehen, nur weil wir im selben Haus wohnen? Die haben ja auch Arbeit und Dinge zu tun. Sie sind ja selbst nicht oft zu Hause. Denk nicht ständig an die Zukunft, lassen wir es passieren. Am Ende bist du froh darüber, dass wir jemanden für die Kinder haben.

Kind, sage ich, Einzahl.

Alles wird gut, sagst du und nimmst mich in deine Arme, wir haben uns. Das ist doch das Wichtigste. Und dann streichelst du meinen Kopf, während ich versuche, dir zu glauben. Ich denke an die neue Wohnung, an mein erstes eigenes Atelier, an das erste Gemüsebeet, das ich bepflanzen werde. An den Liegestuhl im Garten, an das neue Badezimmer. Ich denke an den Kirschbaum, dessen Blüten im Frühjahr bis zu unserem Balkon reichen. An das Kinderzimmer, bunt gestrichen, eine Wiege darin. Es kommt immer alles anders.

Es kann jetzt den Mund öffnen und wieder schließen. Es kann saugen, die Stirn runzeln, Daumen lutschen und Grimassen schneiden. Es schwebt in der warmen Schwerelosigkeit des Fruchtwassers und trinkt davon. Das Skelett entwickelt sich weiter, die Knochen verhärten sich. Der Kopf kann jetzt vermessen, der Kopfumfang berechnet werden. Einhundertzwanzig Millimeter. Jeden Tag nimmt es jetzt an Gewicht zu. Achtzig Gramm. Es ist so groß wie eine kleine Orange. Eine Zwiebel. So groß wie ein

Meerschweinchen. Eine kleine Schildkröte. So groß wie eine Faust.

Wir sitzen bei Marlene und Lukas in der Küche. Sie haben uns zum Essen eingeladen. Du strahlst über das ganze Gesicht, warst schon während des Essens nervös und ungeduldig, es ihnen endlich zu sagen.

Wir haben Neuigkeiten, sagst du, sobald unsere Teller leer sind, wir sind schwanger.

Ich bin schwanger, wiederhole ich und lächle.

Lukas umarmt zuerst dich und klopft dir auf die Schulter. Währenddessen umarmt mich Marlene und zwickt mir neckisch in den Arm.

Sie wollen alles genau wissen. Wie es mir geht. Wie deine Eltern reagiert haben. Wie die Untersuchungen gelaufen sind. Ob wir es spüren. Wann ich in Karenz gehe. Sie wollen die Ultraschallbilder sehen.

Das ist der Kopf, sagen wir, das sind die Beine. Man sieht noch nicht viel, sagen wir. Wir sagen immer dasselbe, strahlend und lächelnd wiederholen wir alles, was wir mehrmals täglich erzählen. Immer wieder sagen wir: Ein Schock war es für mich, aber jetzt bin ich zuversichtlich, eine schwierige Zeit hatten wir, aber jetzt ist alles gut, jetzt sind wir wieder glücklich. Jetzt kann uns nichts mehr passieren. Wir bekommen ein Kind. Es ist gesund. In fünf Monaten sind wir zu dritt. Das Glück unterstreichen wir, indem wir unsere Arme ineinanderschlingen, uns ansehen, während der andere spricht, uns berühren, bei jeder Gelegenheit. Wir sind miteinander verwachsen wie siamesische Zwillinge.

Zieht ihr jetzt zusammen?, fragt Lukas.

Andi zieht endlich zu mir. Wir bauen bei meinen Eltern.

Ich könnte das nicht, sagt Marlene.

Die Immobilienpreise sind im Moment unbezahlbar. Warum nicht nehmen, was schon da ist? Es klingt alles schlimmer, als es ist. Wir haben einen eigenen Eingang, und meine Eltern sind selbst viel unterwegs, wir werden sie nicht so oft sehen.

Das müsst ihr wissen, sagt Marlene, mit meinen Schwiegereltern ginge das nicht. Oder, Lukas?

Auf gar keinen Fall, lacht Lukas, aber wenn ihr ein gutes Verhältnis habt … warum nicht?

Mein Herz klopft kurz etwas schneller. Du drückst meine Hand, aber ich erwidere den Druck nicht, lasse mir meine Finger von dir zusammenpressen und sage: Ihr müsst uns besuchen, wenn die Wohnung fertig ist. Und dann erzähle ich jedes Detail, so als hätte noch nie jemand vor uns ein Kind bekommen.

Wir besuchen Freunde, besuchen deine Familie. Deine Geschwister, Onkel, Tanten, Großeltern, Cousinen, auch entfernte Bekannte, alle sollen es wissen. Man wird nicht jeden Tag schwanger, wie oft passiert das schon im Leben. Alle sollen daran teilhaben, damit unsere Freude noch größer wird. Damit sich unser Glück auf die anderen überträgt. Schau sie dir an, sagst du, wie sie neidisch sind. Niemand ist so glücklich wie wir. Niemand hat so eine schöne Frau wie ich. Niemandem geht es so gut wie uns.

Wir sind schwanger, sagst du und strahlst, als würdest du zum ersten Mal davon erzählen. Kurz ist er sprachlos, dann lacht er. Wenn er lacht, sieht er aus wie du. Auch er hat diese Freude in den Augen, diesen Stolz.

Wollt ihr die Bilder sehen?, sagst du. Das ist der Kopf, das die Beine, hier die Hände. Das Herz schlug so laut und schnell, ich konnte gar nicht glauben, dass es unser Baby ist.

Du wiederholst, was wir schon Dutzende Male von uns gegeben haben. Was für eine Überraschung, wie sehr wir uns freuen. Dass wir es kaum erwarten können. Du verwendest Wörter wie »neuer Lebensabschnitt«, »Verantwortung«, »Familie« und »Bereicherung«. Es sind Wörter, die andere zu uns gesagt haben und die nun in deinen Wortschatz übergegangen sind.

Daniel und Anna fragen dieselben Dinge, die alle fragen. Ein Kreis, in dem wir auf und ab laufen, immer dieselben Gespräche, dieselben Fragen, dieselben Antworten. Ob das jetzt immer so sein wird? Zuerst die Schwangerschaft, dann die Renovierung, dann die Geburt, dann das Kind, die Windeln, der Kindergarten, die Schule.

Du sagst ja gar nichts, Andi. Dein Bruder streicht mir über die Wange. Bist du müde?

Das sind die Hormone, sage ich. Ich fühl mich schon seit Tagen ganz ausgelaugt. Ich könnte auf der Stelle einschlafen.

Willst du dich aufs Sofa legen?

Dein Bruder bringt mir eine Decke. Ich wickle mich ein und stelle mich schlafend. Ich höre eure Stimmen, sie hallen durch die Wohnung, mit eurem Gelächter und dem Klang zusammenstoßender Gläser.

Wie die Zeit vergeht, sagst du, wer hätte das geglaubt, dass ich Vater werde. Jetzt habe ich alles erreicht, was ich mir jemals gewünscht habe. Bei euch wird es auch klappen, sagst du, ihr müsst nur Geduld haben.

Und dann trinkt ihr auf dich und auf unser Kind.

Müssen wir all diese Leute besuchen, sage ich, als wir wieder zu Hause sind.

Was hast du denn schon wieder? Das sind doch keine Leute, das ist meine Familie.

Können wir das nicht für uns behalten?

Ich verstehe dich nicht. Jeden Tag änderst du deine Meinung, ich weiß schon nicht mehr, was ich tun soll. Alles, was ich mache, alles, was ich sage, ist falsch.

Woher kommt nur deine Zuversicht. Für dich scheint es nie ein Aber zu geben. Nie Zweifel. Für dich geht es immer weiter. Wir werden für alles eine Lösung finden. Du schlägst einfach einen Weg ein und gehst ihn zu Ende. Haben wir wirklich alles schon erlebt. Alles schon getan.

Haben wir wirklich schon den Punkt im Leben erreicht, wo man sagen kann: Jetzt ist gut. Jetzt ziehen wir uns zurück. Da wächst etwas in meinem Bauch, unerbittlich wächst es voran. Es kann schon gähnen und bewegt seinen Kopf. Es streckt seine Beine und Arme, trainiert die Muskulatur. Jeden Tag erkämpft es sich mehr Platz, bis es den gesamten Raum meines Bauches ausfüllen wird.

Warum redest du nicht mit deinem Vater, sagst du, willst du es nicht wenigstens versuchen?

Du verstehst es einfach nicht, sage ich.

Familie ist Familie. Das wirft man nicht weg.

Familie ist nichts, was für immer sein muss. Manchmal funktioniert es miteinander und manchmal nicht. Ob Vater oder Mutter, spielt keine Rolle.

Das sehe ich anders.

Du hast auch keine Ahnung. Nicht alle Familien sind wie deine. Was glaubst du, wie viele Ratschläge ich mir anhören musste. Fang du nicht auch damit an. Ich habe jetzt meine eigene Familie. Warum verstehst du das nicht?

Möchtest du nicht, dass unser Kind einen Großvater hat?

Es hat doch schon genug Leute. Worum geht es dir, was denn noch alles?

Ich dachte, ein Kind würde etwas daran ändern.

Warum sollte es?

Ich stehe am Fenster. Niemand ist da, der auf mich einredet. Der Regen schlägt auf den Boden und reißt die Blätter von den Bäumen. Ein Rauschen, das die Stille überdeckt. Ich atme die kühle Luft ein. Die Vögel haben sich unter den Dächern, die Menschen in ihren Häusern versteckt. Es wird Herbst, und ich weine. Alles ist gut in meinem Leben. Ich bin im vierten Monat schwanger, und ich weine. Ich bin glücklich mit dir, und ich weine. Alle sind für mich da, und ich weine.

Willst du keinen Kaiserschnitt, sagt Marlene, diese Schmerzen würde ich nicht ertragen. Stell dir das einmal vor, da kommt ein Kopf aus dir raus, der über dreißig Zentimeter Umfang hat. Dammriss und diese Dinge, das muss furchtbar sein. Die Geburt wird immer nur schön verkauft. Das ganze Blut. Die Scheiße. Das ist ja unglaublich ekelhaft. Beim Kaiserschnitt kriegst du wenigstens nichts mit, am Ende hast du ein sauberes Baby im Arm.

Was redest du da, sagt Alex, welche Filme hast du dir angesehen. Willst du dir lieber den Bauch aufschlitzen lassen? Stell dir vor, du schwimmst im Dunkeln. Plötzlich dringt jemand in dein Haus, packt dich am Hals und zieht dich fort. Für mich kommt das nicht infrage. Nächstes Mal will ich eine natürliche Geburt. Ohne Schmerzmittel. Ohne Krankenhaus und Ärzte. In meinem Bett, wo ich mich am wohlsten fühle. Diese Krankenhausluft, diese Geräte, nein.

Dann kannst du dich gleich umbringen, sagt Marlene, wir sind doch nicht im Mittelalter.

Das hat mit Mittelalter nichts zu tun. Hast du schon mal über eine Hausgeburt nachgedacht, Andi?

Sie sagen: Du musst zu meinem Frauenarzt gehen, einen besseren gibt es nicht. Sie sagen: Du musst zwei Liter Multivitaminsaft am Tag trinken. Ein Glas Prosecco hat noch niemandem geschadet. Sie sagen: Ihr müsst das Kinderzimmer planen, nicht, dass es zu spät ist. Sie sagen: Du musst deine Brust massieren. Du musst was gegen deine Schwangerschaftsstreifen tun. Wirst du stillen? Habt ihr schon einen Namen? Plant ihr ein zweites Kind? Das war aber höchste Zeit. Sie sagen: Du darfst nicht zu viel essen. Jetzt darfst du für zwei essen. Ein Kaiserschnitt ist keine richtige Geburt. Eine Schwangerschaft ist kein Weltuntergang. In deinem Alter, ist das nicht zu riskant? Darf ich deinen Bauch anfassen? Man sieht ja noch gar nichts. War es geplant? Wie kannst du nur ein Kind in die Welt setzen? Sie sagen: Du darfst keinen Sport machen. Du musst auf deine Beziehung schauen. Du musst deine Ernährung umstellen. Das Baby ist aber sehr klein für die sechzehnte Woche. Du bist nicht die erste Frau, die schwanger ist. Du musst regelmäßig Sport machen. Es wird sicher ein Mädchen. Du musst dich zurücknehmen. Hast du schon Angst vor der Geburt? Das haben schon alle vor dir geschafft. Rauchen darfst du auf keinen Fall. Es wird sicher ein Junge. Das Wichtigste ist jetzt das Baby. Man sieht ja schon was. Eine Zigarette bringt das Kind nicht um. Die Brüste sind noch zu klein, um zu stillen. Du darfst nicht so viel Schokolade essen. Du musst dich jetzt schonen. Stillen ist überbewertet. Du musst unbedingt stillen. Du fährst noch mit dem Fahrrad? Du gehst zu einem Konzert? Du darfst noch keine Babysachen kaufen, das bringt Unglück. Du trinkst Kaffee? Den Namen müsst ihr euch gut überlegen. Wollt ihr nicht heiraten? Du hast das Kind noch nicht gespürt? Du siehst müde aus. Du hast zugenommen. Du schaust blass aus. Sie sagen: Genieß dein Leben, solange du noch kannst. Sie sagen: Das ist doch albern. Woher hast du nur so einen Blödsinn, also ich sage dir. Also bei mir war das so. Hör nicht auf deinen Frauenarzt, hör lieber auf mich. Stimmungsschwankungen sind ganz normal. Müdigkeit ist ganz normal. Depressionen sind ganz normal.

Dort, wo ich nicht hinwollte, ist jetzt der einzige Platz, an dem ich nicht über meine Schwangerschaft reden muss. Wir reden über Abgabetermine. Über zufriedene und unzufriedene Kunden. Es gibt Aufträge, die ich erledigen muss, und ich habe Zeitpläne. Ich schaue mir Bilder an von Hotelanlagen, Swimmingpools, Saunalandschaften und Bergwanderungen. Bilder, die mich gelangweilt haben, beruhigen mich jetzt. Bilder, die ich abstoßend fand, interessieren mich jetzt. Ich ziehe mir weite Pullover an, damit niemand meinen Bauch sehen kann, der Tag für Tag größer wird, aber noch immer so aussieht, als hätte ich nur zu viel gegessen. Ich habe neue Ideen, die Anklang finden. Meine Entwürfe werden gelobt, mein Chef ist zufrieden mit mir. In der Küche reden wir über unser Wochenende, und manchmal rauche ich eine Zigarette. Niemand schaut mich vorwurfsvoll an. Niemand fragt, wie es mir geht. Niemand beobachtet die Veränderungen an mir. Ich mache Überstunden, auch wenn du sagst, dass ich nicht so viel arbeiten soll. Ich gehe mit den anderen in die Küche, auch wenn du sagst, dass ich nicht passiv rauchen soll. Alles ist genauso wie immer, nur leichter. Ich lebe in einer kleinen Seifenblase, die jeden Moment zerplatzt.

Wir sitzen im Kreis. Unser Chef schaut in die Runde und wartet kurz, bevor er spricht. Es gibt Neuigkeiten, sagt er. Wir haben einen neuen Kunden aus der Kultur. Da sollten wir uns ins Zeug legen.

Das ist großartig, sagt Rita, vielleicht ergeben sich daraus neue Möglichkeiten.

Die wollen alles neu. Etwas Besonderes. Künstlerisches. Andi, willst du übernehmen?

Mein Herz schlägt kurz etwas schneller. Eigentlich müsste ich jetzt etwas sagen, aber stattdessen sage ich: Nichts lieber als das. Gibt es schon einen Termin, um die Details zu besprechen?

Ich entwerfe neue Schriftzüge. Zeichne die Buchstaben mit einer Feder vor und bearbeite sie am Computer. Ich entwerfe kleine Illustrationen, abstrakte Formen für die Programmhefte. Ich vergesse die Zeit. Kaum fange ich mit der Arbeit an, ist es schon Abend, und ich muss wieder nach Hause. In Gedanken arbeite ich weiter, kombiniere die Schriften und Bilder im Kopf.

Du stupst mich an. Hast du mir zugehört?

Wir machen eine Wanderung mit deinen Eltern. Ein warmer Herbsttag. Wir fahren in ihrem Auto über die Bergstraßen an dichten Wäldern vorbei. Die Blätter leuchten in allen Farben. Wir machen nur eine leichte Wanderung und fahren mit dem Sessellift zum höchsten Punkt. Ich darf mich nicht überanstrengen, deshalb gehen wir nur eine Stunde zur Almhütte und eine Stunde wieder zurück. Der Weg ist so eben, dass die Wanderung einem Spaziergang gleichkommt. Alle sagen, dass ich Bescheid geben soll, wenn es mir zu anstrengend wird, dann kehren wir sofort um.

Ich schaffe das schon, sage ich und spreche jedes Wort so freundlich aus, wie ich kann.

Wir gehen sehr langsam. Die angeschriebene Zeit auf dem Wegweiser werden wir mit Sicherheit benötigen. Du gehst mit deinem Vater voraus und ich neben deiner Mutter hinterher. Ich höre nur ein paar Wortfetzen: Wohnung. Mauer. Baustelle. Deine Mutter erzählt von ihren Reisen und Bergwanderungen. Wir lachen und reden viel. Es ist ein friedlicher Tag. Die Luft ist kühl. Es ist still hier oben. Nur unsere Schritte und unsere Stimmen sind zu hören, die Glocken der Kühe, das Zirpen der Grillen. Der Geruch der Nadelwälder, der mich an meine Kindheit erinnert. Zu jedem Geräusch dachte ich mir eine

Geschichte aus und glaubte an eine Welt, die es nicht gab. Mit wem redest du da, sagte meine Mutter, was erzählst du da immer. Es fällt mir nicht ein, wann ich zuletzt hier war. Meine Mutter war noch bei uns, mein Vater hinter ihr. Ich sehe sie von hinten, wie sie zügig vorausgeht, wie sie sich zu mir umdreht: Wo bleibst du, komm endlich.

Als wir bei der Almhütte ankommen, setzt du dich neben mich und legst deinen Arm um mich. Deine Mutter liest von der Speisekarte ab, was ich essen darf, und bestellt für mich mit.

Dein Vater räuspert sich. Es scheint, als hätte er auf diesen Moment gewartet.

Wir bezahlen die Einrichtung und einen Teil der Renovierung.

Wir möchten euch helfen.

Vater kann mit Georg ein paar Dinge selbst machen.

Man könnte ein paar Wände einreißen, eine schöne Wohnküche daraus machen.

Andi, das hast du dir doch immer gewünscht.

Eine Dusche einbauen und eine Badewanne.

Den Balkon zur Terrasse umbauen.

Eine Fußbodenheizung.

Einen schönen Parkettboden.

Alles wird neu, Andi.

Alles wird schön.

Du wirst sehen, Andi, die schönste Wohnung, die du dir vorstellen kannst.

Ihr müsst gar nicht so viel Kredit aufnehmen.

Ein paar Jahre, und schon ist alles abbezahlt.

Das ist nicht der Rede wert.

Miete müsstest du sowieso zahlen.

Ja, sage ich, eine neue Küche wäre schön. Eine Terrasse wäre schön. Eine neu renovierte Wohnung wäre schön. Das klingt alles ganz wunderbar.

Du hast dich schon abgewandt und diskutierst wieder mit deinem Vater. Alles hat sich in Wohlgefallen aufgelöst. Du hast alles bekommen, was du wolltest.

Ich lasse meinen Blick über die Bergspitzen schweifen, unter mir liegen ein paar Ziegen in der Sonne. Der Geruch von Knödeln und Speck in der Luft. Deine Mutter lächelt mir zu.

Was für ein herrlicher Tag, sagt sie.

Du musst es ihnen sagen.

Das hat Zeit.

Je früher du es sagst, desto besser.

Ich will nichts überstürzen.

Du bist sogar verpflichtet, deinem Arbeitgeber Bescheid zu sagen, sobald du es weißt.

Eins nach dem anderen.

Du hättest es lang schon sagen müssen.

Das werde ich, lass mich doch entscheiden, wann.

Was ist los mit dir?

Im Traum bin ich an seltsamen Orten. Ich befinde mich in einem Haus voller Treppen, ich steige Treppe für Treppe hinauf, aber immer kommen neue hinzu, die in eine andere Richtung führen. Manchmal bin ich in der Wüste, fahre mit einem Jeep über die Dünen. Der Sand staubt durch die Luft, ich sehe nichts, aber ich fahre weiter. Manchmal treibe ich mit einem Fischschwarm im Meer und komme nicht von der Stelle, ein Strudel zieht mich immer tiefer in den Abgrund. Und manchmal falle ich, falle und falle immer weiter in die Tiefe, nur der Aufprall bleibt aus, nur das Ende bleibt immer aus. Dazwischen träume ich von der Geburt. Wie ich den Notruf wähle, aber die Nummer besetzt ist. Wie die Fruchtblase platzt, aber niemand im Haus ist. Wie ich Zwillinge gebäre. Wie eine Frau neben mir bei der Geburt stirbt. Wie du die Geburt versäumst, weil du auf der Baustelle zu tun hast und das Telefon nicht hörst. Nur deine Mutter sitzt immer neben mir und hält meine Hand. Sie sieht aus wie meine Mutter.

Deine Wohnung hat drei Zimmer und ist siebzig Quadratmeter groß. Die Räume sind hell, aber klein. Ein Bad, in dem man sich kaum um sich selbst drehen kann, mit schwarzen Fliesen am Boden und dunkelgrünen an der Wand. Eine Küche, die man mit einer Plastiktür schließen kann. Ein alter Parkettboden und altmodische Möbel, die noch deiner Großmutter gehört haben. Ein Esstisch aus dunklem Holz und mit einer Schublade, in dem sich das Silberbesteck befindet. Holzstühle mit einem Herz in die Lehne geschnitzt. Die Vorhänge haben einen Gelbstich und Blumenmuster. Auf dem Fensterbrett stehen Pflanzen, die deine Mutter jeden Tag gießt, weil du darauf vergisst. Die Wohnung ist vollgeräumt mit Dingen von dir und deinen Eltern. Schallplatten und Fitnessgeräte, alte Truhen mit Büchern und Geschirr.

Du hältst ein Meterband und einen Notizblock in der Hand. Du misst die Wände aus. Du kontrollierst die Risse an den Wänden. Die Lichtschalter. Die Stromleitungen.

Ich lege mich auf den Boden und schließe die Augen. Ich versuche, mir unser Leben hier vorzustellen. Wie das sein wird, wenn wir eingezogen sind. Alles neu ist. Ich höre deine Eltern in der Küche unter uns. Schritte. Geschirr. Stimmen.

Es wird immer jemand hier sein, der sich um uns kümmert, sage ich.

Was willst du damit sagen.

Dass wir nicht allein sein werden. Dass für den Notfall jemand da ist.

So habe ich das noch nie gesehen, sagst du, warum liegst du auf dem Boden?

Ich gewöhne mich an unsere Wohnung, sage ich. Und versuche, mir vorzustellen, wie das ist: Familie zu haben. Nicht mehr allein zu sein. Ich stelle mir vor, wie die Wohnung aussehen wird. Ein neuer Parkettboden. Ein größeres Bad. Eine größere Küche. Meine Möbel. Meine Bilder. Ich stelle mir vor, wie ich hier leben werde. Mit dir. Unserem Kind. Deinen Eltern.

Ich weiß nicht, ob ich das kann, sage ich.

Aber du fragst nicht, was kannst du nicht, du legst das Meterband an die Wand und schreibst die Maße mit Bleistift auf einen Zettel.

Ich gehe auf den Balkon und schaue zum Garten hinunter. Hier wird unser Kind spielen. Hier werden wir unser Leben leben. Hier werden wir glücklich sein.

Deine Mutter sitzt unter dem Kirschbaum und liest ein Buch. Sie schaut kurz auf und sieht mich. Sie winkt. Und ich winke zurück.

5

Aus der kleinen Renovierung ist eine größere Renovierung geworden. Wir nehmen einen Kredit auf. Nur einen kleinen, sagst du. Einen Teil finanzieren deine Eltern, den anderen wir. Fünfzehn Jahre vergehen im Flug. Doch deine Pläne ändern sich laufend. Zuerst war es nur eine Teilsanierung, dann kam die Terrasse, der Wintergarten, die Fußbodenheizung, die Vollsanierung. Du machst Finanzierungspläne und verwirfst sie wieder, nie entsprechen sie deinen Vorstellungen. Täglich wandert die Summe weiter in die Höhe. Von Fünfzigtausend auf Hunderttausend, auf Hundertzwanzigtausend, auf Hundertfünfzigtausend.

Ich will mehr für unsere Familie, sagst du, siebzig Quadratmeter sind nicht genug.

Siebzig Quadratmeter reichen vollkommen, sage ich.

Wir müssen größer denken, lass uns das Dachgeschoss ausbauen.

Hat das nicht Zeit?

Jetzt ist die beste Gelegenheit. Meine Eltern sind einverstanden, finanziell ist es machbar. Später werden wir nichts mehr verändern.

Aber was, wenn wir unsere Arbeit verlieren, was, wenn einer von uns ausfällt?

Mach dir keine Sorgen, meine Eltern helfen uns, wenn es nicht mehr geht. Die haben Geld genug. Im Notfall vermieten wir. Das ist eine Investition für das Leben. Das ist unsere Vorsorge, die Zukunft unserer Kinder. Und wenn meine Eltern sterben, gehört uns das ganze Haus. Du musst nur Ja sagen.

In deinem Gesicht so viel kindliche Freude und Aufregung, so viel Glück, nicht eine kleine Spur von Zweifel kann ich erkennen, während sich in mir alles zusammenschnürt. Das ist nicht mein Haus, will ich sagen, das ist nicht mein Traum. Dabei kann ich nicht einmal sagen, was es ändern würde. Ob ich nur zu dir ziehe oder ob wir auch noch renovieren, ob wir nur einen Teil renovieren oder das Dachgeschoss ausbauen, ob wir hunderttausend oder dreihunderttausend Kredit aufnehmen, ich bin doch schon mittendrin in deinem Leben.

Sag endlich was, sagst du.

Was soll's, macht auch keinen Unterschied mehr.

Was soll schon passieren? Wenn alle es schaffen, schaffen auch wir das, sagst du.

Also erhöhst du die Summe bei »Fremdkapital« und addierst einige Kostenpunkte. Alles wird größer, besser, teurer.

Der Geruch von Sonntagsbraten und Kartoffelpüree strömt durch die Wohnung und klettert über die Treppen in das ganze Haus. Es ist derselbe Geruch wie damals. Meine Mutter und mein Vater in der Küche. Musik aus dem Radio. Mein Vater, der singt. Meine Mutter, die lacht. In meiner Erinnerung sehe ich immer nur ihren Hinterkopf, ihre Hände. Manchmal sehe ich ihr Gesicht, aber nur Einzelheiten, ihren Mund, ihre Augen, ihre Nase. Ihre schwarz-gelb karierten Hemden. Von hinten sieht deine Mutter fast so aus wie meine. Die Haare bis zu den Schultern, ihre zarten Hände, die Kartoffeln schneiden, ein tänzelnder Gang beim Kochen, ihr lautes Lachen. Dein Vater legt die Hand um ihre Hüften und küsst sie in den Nacken. Ein Bild wie ein Stillleben der Vergangenheit.

Wir. Das sind jetzt du, deine Mutter, dein Vater und ich, ein Quartett, das zusammen plant, zusammen isst und jedes Wochenende miteinander verbringt. Nach dem Essen sitzt du mit deinem Vater am Küchentisch, während deine Mutter und ich den Abwasch erledigen. Vor euch sind die Pläne ausgebreitet, auf die unser Wohnraum gezeichnet ist. Die Wände, die Türen, die Betten, die Steckdosen, der Küchentisch, alles hat seinen Platz, alles ist sorgfältig durchdacht. Du hast ganz genaue Vorstellungen, wie die Wohnung aussehen soll. Die Wohnung ist ein kleiner Traum, den du dir erfüllst. Die Wohnung ist eine Chance für deinen Vater, noch einmal zu planen, modern dieses Mal, wie er es vor Jahren hätte tun können, wie es sich aber jetzt nicht mehr auszahlt. Man muss jung sein, sagt er, in unserem Alter hat man keine Nerven mehr dafür.

Ich sage, ich wünsche mir, oder ich stelle mir das so vor. Ihr sagt: Besser wäre doch. Oder: Das geht nicht. Schau, Andi, so macht man das nicht mehr. Wenn ich sage, wie wäre es mit, sagt dein Vater, das passt nicht. Wenn ich sage, könnten wir nicht, sagst du, nein, das habe ich schon anders geplant. Wenn ich sage, schön wäre doch, sagst du, mittlerweile gibt es. Jetzt hat man. Den Architekten hast du ausgewählt, schließlich arbeitest du in einem Architekturbüro. Die Baufirma hast du ausgewählt, schließlich kriegst du bessere Konditionen. Du hast die Expertise, dein Vater die Erfahrung. Ihr übertrumpft euch mit eurem Wissen, vertieft euch in eure Pläne, habt andauernd Termine, zu denen ich mitgehen kann, aber erwünscht bin ich nicht. Also nehme ich mich zurück. Du wirst schon wissen, was du tust. Was weiß ich schon vom Bauen und Einrichten. Was weiß ich schon von Häusern und Eigentumswohnungen. Was weiß ich schon von diesem neuen Leben. Darüber weißt du besser Bescheid.

Seit wir renovieren, haben wir andere Themen. Wir sprechen jetzt nicht mehr von Ultraschalluntersuchungen, sondern von Parkettböden, Schalldämmung und Jalousien. Es gibt Parkett aus Eichenholz, Parkett mit Fischgrätmuster, dunkles und helles Parkett. Es gibt Jalousien aus

Holz oder Aluminium, Innen- und Außenjalousien, Falt- und Plisseerollos. Deine Mutter sitzt stundenlang in der Küche, Dutzende Möbelkataloge auf dem Tisch verteilt, in jedem Katalog hat sie Dinge angestrichen, die in unsere Wohnung passen könnten. Alle sind wahnsinnig beschäftigt und gestresst. Es soll schnell gehen, damit wir bald einziehen können. Nur ich werde außen vor gelassen, schließlich bin ich die Schwangere in der Familie. Nach und nach stelle ich fest, dass du das meiste schon vorher arrangiert hast. Du hast schon vor Monaten mit dem Architekten gesprochen und dich bei einer Baufirma erkundigt. Du hast erste Pläne anfertigen lassen und Kostenvoranschläge angefordert, als wir noch gar nichts besprochen hatten. Du warst schon bei der Bank und hast um Kredit angefragt, jedoch erfahren, dass wir für diese Summe zu zweit sein müssen. Du bist immer einen Schritt voraus.

Wir sehen uns weniger, meist erst im Bett. Ich gehe allein zu den Untersuchungen. Du hast immer einen Termin. Du verbringst viel Zeit bei deinen Eltern oder mit deinen Kollegen, die dich rund um die Uhr beraten. Dafür bezahlst du die Bierkisten, die ihr am Abend konsumiert. Kommst du zu mir, bist du müde und gehst gleich ins Bett. Komm ich zu dir, bist du oft bei deinen Eltern oder noch nicht zu Hause. Alles dreht sich nur mehr um das Haus, du bist wie besessen.

Mein Kopf explodiert gleich, sagst du dann, wenn ich

reden will. Oder: Alles ein Chaos, nichts funktioniert, wie es soll.

Es muss doch nicht perfekt sein, sage ich.

Ich will nur das Beste für uns, bald ist der größte Stress vorüber.

Deine Mutter entscheidet aber nicht über die Einrichtung?

Wie kommst du darauf? Natürlich nicht!

Sie sitzt den ganzen Tag in der Küche und streicht Dinge in Katalogen an.

Ach, lass ihr doch die Freude. Sie braucht eine Aufgabe, sie möchte sich einbringen. Vielleicht fahrt ihr mal zusammen ins Möbelhaus?

Natürlich, warum sollten wir das nicht tun.

Sei nicht so!

Wir müssen drin wohnen, nicht deine Mutter.

Sie meint es doch nur gut.

Mit dem Kredit haben wir uns verpflichtet. Mit deinem Haus schlagen wir Wurzeln. Mit diesem Kind führen wir genau dieses Leben, das alle hier führen. Wir werden immer hierbleiben. Erst jetzt wird es mir bewusst, wenn ich die Pläne sehe, die für unser Leben gedacht sind. Keine Großstadt. Kein Madrid. Kein Haus am Meer. Keines dieser Luftschlösser. Nur dieses Haus am Waldrand und tausend Einwohner, die alles von uns wissen, uns beobachten, uns bewerten nach unserem Verhalten und unserem Besitz. Mit denen man über das Wetter spricht, weil man über Politik und Religion nicht spricht. Das ist, was es heißt, hierzubleiben: Wir fügen uns ein. Wir fallen nicht auf. Wir haben: 1 Haus, 2 Autos, 1 Kind.

Die Tage sind hell und sind dunkel, manchmal trüb und regnerisch, manchmal leuchten sie geradezu. Wenn ich an das neue Haus denke: aus dem Wohnzimmer der Blick über das Tal, die Berge, die sich unter uns öffnen. Der Nebel, der morgens über die Felder zieht und allmählich von den ersten Sonnenstrahlen durchbrochen wird. Unser gemeinsames Leben, das vor uns liegt. Bunt und voller Wärme. Das Lachen unseres Kindes. Doch an manchen Tagen kommt ein anderes Gefühl wieder zurück. Wenn du über Baupläne und Bewilligungen sprichst, wandere ich in Gedanken durch die Wohnung, öffne die Tür, gehe die Treppen hinunter. Ich gehe über die Straße, niemand, der mich aufhält, nur meine Schritte auf dem Asphalt. Ich gehe, so weit mich meine Füße tragen können. Jeder Schritt trägt mich weiter, jeder Atemzug wird leichter, immer schneller. Aber als ich kurz davor bin, den Ort zu verlassen, holst du mich wieder zurück.

Du hörst mir schon wieder nicht zu. Hast du gehört, was ich gesagt habe?

Aber ja doch.

Dann wiederhol, was ich gesagt habe.

Bewilligung.

Kannst du mir nur einmal zuhören, wenn ich was sage? Nicht mal unsere gemeinsame Wohnung interessiert dich.

Und plötzlich kleine Schläge. Wie ein Schmetterling, der seine Flügel ausbreitet und gegen eine Wand stößt. Ich lege die Hand auf meinen Bauch. Da ist wirklich wer drin. Vielleicht ein kleines Insekt, bedeckt mit Lanugohaaren, die Flügel schimmern blau und violett, durchzogen von schwarzen Mustern. Jetzt unternimmt es die ersten Flugversuche, und in einigen Monaten wird es aus meinem Bauch fliegen. Vielleicht nimmt es mich mit. Vielleicht verwandle auch ich mich in einen Schmetterling, und wir fliegen beide davon.

Wann zieht ihr denn ein, fragt Alex.

Die Geburtstagsfeiern haben sich verändert. Sie finden nachmittags statt, und der Großteil der Gäste sitzt auf dem Boden im Wohnzimmer, inmitten von Babydecken, Rasseln und Bauklötzen. Es sind fast gleich viele Kinder wie Erwachsene da, im Alter zwischen fünf Monaten und drei Jahren. Die Väter und Mütter haben alle Hände voll zu tun. Sie laufen ihren Kindern nach und halten sie davon ab, sich gegenseitig zu schlagen oder zu kratzen, während wir mit Alex und einigen anderen am Tisch sitzen. Du mit einem Glas Sekt in der Hand, ich mit einem Sektglas Orangensaft in der Hand.

In zwei bis drei Monaten sollte der Umbau abgeschlossen sein, sagst du.

Georg hat an alles gedacht, sage ich, eine Wand wird komplett verglast, der Blick ist atemberaubend von dort. Man sieht über das gesamte Tal. Nur wenige Meter vom

Haus entfernt ist man mitten im Wald, und im Garten steht ein Kirschbaum, der bis zum Dach reicht.

Beneidenswert, sagt Alex, wir haben nur die Hauptstraße daneben und den Blick auf die nächste Siedlung. Die Großeltern im Haus zu haben ist eine große Erleichterung, ihr werdet sehen. Paul und ich haben niemanden, der uns mit den Kindern hilft. Meine Eltern sind drei Flugstunden entfernt, weil sie sich eingebildet haben, ihren Lebensabend in Griechenland zu verbringen. Seine Eltern kommen manchmal für ein Wochenende, oder wir können sie hinbringen. Damit ist uns aber auch nicht geholfen. Zwei Kinder sind wirklich eine Herausforderung.

Mach ihnen doch nicht alles madig, sagt Paul, man muss sich nur neu strukturieren. Und im Unterschied zu uns habt ihr ja alle vier Großeltern in der Nähe.

Zwei, sage ich.

Warum das?

Meine Mutter hat uns verlassen, als ich zehn war. Mein Vater wohnt zwar nicht weit von hier, aber ich habe ihn schon Jahre nicht gesehen.

Das wusste ich nicht, sagt Paul, und deine Mutter hast du nie wieder gesehen?

Nein.

Und nie nach ihr gesucht?

Hör auf, sagt Alex, das geht dich nichts an.

Ist schon gut, sage ich, warum sollte ich nach ihr suchen? Es gibt nichts mehr zu sagen. Menschen treffen Entscheidungen, und das muss man akzeptieren.

Und dein Vater? Weiß er, dass du schwanger bist?

Jetzt hör schon auf, sagt Alex.

Irgendwann ist ein »Psscht« zu hören. Jemand schaltet die Lichter aus, und Paul kommt mit der kleinen Tochter durch die Tür. Gemeinsam halten sie die Torte. Fünfunddreißig Kerzen darauf. Ihre Gesichter leuchten. Alles Gute für dich. Alles Gute für dich. Alles Gute, liebe Alex. Alle singen und klatschen. Die Kleine hat ein Bild gemalt. Ein Haus, zwei Erwachsene, zwei Kinder und eine violette Sonne. Paul hat ihr Schmuck geschenkt, handgefertigte Ohrringe mit der passenden Halskette. Alles ist so, wie es sein muss. Alex schneidet die Torte an. Perfekte kleine Kuchenstücke in exakt gleicher Größe. Währenddessen haben die Eltern am Tisch die Gespräche Richtung Kindergartenplätze, Kinderwägen und Tragetücher gedreht. Du hörst interessiert zu und stellst viele Fragen. Dazwischen essen wir Kuchen. In einigen Monaten gehören auch wir dazu.

Eine Freundin von Alex erzählt, dass ihre Firma angerufen hat, um zu fragen, wann sie wieder zurückkommt.

Das Kind ist gerade mal zwei Monate alt, und schon muss ich alles entscheiden. Woher soll ich jetzt wissen, wie lang ich zu Hause bleibe? Mein Mann arbeitet den ganzen Tag und kommt erst abends nach Hause. Im Moment kann ich es mir einfach nicht vorstellen.

Dann wird es Zeit für das zweite Kind, sagt Alex.

Um Gottes willen. Mich macht ja das eine Kind schon total fertig. Ich schlafe kaum mehr als zwei Stunden am Stück. Ich fang doch nicht von vorne an, wenn ich das erste geschafft habe.

Im öffentlichen Dienst kann ich fünf Jahre zu Hause bleiben, sagt Alex' Schwester, sobald Oskar ein Jahr alt ist, möchte ich wieder schwanger werden. Es zahlt sich nicht aus, wieder arbeiten zu gehen. Wenn ich nur Teilzeit arbeite, würde ich beim nächsten Kind weniger Karenzgeld bekommen. Besser, wir schießen gleich das nächste nach.

So schnell?, sagt Alex. Willst du dich nicht erst mal von der Geburt erholen?

Ach, das ist schon fast vergessen. Die zweite Geburt kann nicht so schlimm sein.

Und was, wenn dir das wieder passiert?

Was ist denn passiert, fragst du.

Ich bin mit zu hohem Blutdruck ins Krankenhaus, da hatte sich mein Fruchtwasser schon grün gefärbt. Eine Schwangerschaftsvergiftung. Sie haben das Kind sofort mit Kaiserschnitt geholt, zwei Monate zu früh, sonst wären wir beide gestorben. Aber jetzt geht es uns gut. Ein zweites Mal kann mir das nicht passieren. Die zweite Geburt kann nur besser werden. So was ist selten, Andi, mach dir keine Sorgen, wenn du solche Geschichten hörst.

Fünfunddreißig Kerzen sind ganz schön viel für so eine Torte, lacht Paul, als er die Kerzen wegräumt.

Mein fünfunddreißigster Geburtstag hat mir zu schaffen

gemacht, sagt Alex' Schwester, fast schlimmer als mein dreißigster, ich weiß auch nicht mehr, warum.

Ich kann mich erinnern, du hast mich angerufen und geheult. Ich bin nicht so wie du. Ich habe kein Problem mit meinem Alter. Ich habe alle meine Ziele erreicht. Ich bin verheiratet, habe ein Haus und zwei Kinder. Andi, habt ihr eigentlich schon die Hochzeitsfotos gesehen?

Sie holt ein weißes Album, und wir blättern von einem Foto zum nächsten. Wie sie auf dem Brautauto liegen und sich küssen. Wie sie am Eingang der Kirche lehnen und sich verliebt in die Augen schauen. Wie Alex ihren Brautstrauß in die Luft wirft, den Kopf im Nacken, die Augen geschlossen, ein überglückliches Lachen. Wie das Brautpaar im Konfettiregen tanzt. Als wir das Hochzeitsalbum durchgeblättert haben, folgen die Familienfotos: Der schwangere Bauch von Alex, von hinten legt ihr Mann seine Hände auf ihre, gemeinsam formen sie ein Herz. Eine kleine Hand, die ihren Finger umklammert, der Ehering glänzt golden in die Kamera. Ein kleines Baby liegt nackt und mit geschlossenen Augen in einem Korb. Um den Kopf hat es ein Haarband mit einer riesigen rosaroten Blume gebunden. Das ist das schönste Bild, sagt Alex, kommt, ich muss euch was zeigen. Wir folgen ihr in das Schlafzimmer. Über ihrem Bett hängt dasselbe Bild lebensgroß. Das Baby schwarz-weiß, die Blume leuchtet rosa. In geschwungenen Lettern ist zu lesen: Family is where LIFE begins and LOVE never ends.

Als wir die Tür hinter uns schließen, muss ich erst einmal durchatmen. Alle tun, als wäre das wirklich das Schönste der Welt. Dieses Schwangersein, dieses Kindhaben, dieses Hausbauen. Ich habe bald auch dieses Leben: eine eigene Wohnung, ein Kind, einen Mann, der mich liebt. Die Familie ist die Erfüllung. Eine wohlige Seifenblase, die nie zerplatzt.

Ist dir schlecht, fragst du.

Alles gut, ich bin müde, sage ich, zu viele Menschen.

Die Familie füllt deinen Körper mit Liebe und Geborgenheit aus. Die Familie ist der Anker, der dich zurückholt, wenn du davontreibst.

Du streckst deine Hand nach mir aus. Komm schon, lass uns gehen.

Deine Hand fühlt sich kalt an und rau.

Die Handwerker sind schon in der Wohnung. Du wohnst jetzt bei mir, bis wir einziehen können. Deine Kleidung liegt in kleinen unförmigen Stapeln in meinem Schrank. Damit du Platz für deine Sachen hast, habe ich mich von alten Kleidungsstücken getrennt und den Rest in Kisten verstaut. Im Vorraum liegen jetzt deine Schuhe verstreut. Im Wohnzimmer stehen deine Fitnessgeräte. Im Bücherregal deine Schallplatten. Auf dem Esstisch dein Computer. In der Wohnung stehen Kartons mit Dingen, die du in den nächsten zwei Monaten brauchst. Der Rest ist bei deinen Eltern. Wir suchen Nachmieter für meine Wohnung. Wir schreiben ein Inserat: 50 m^2, Miete kalt: 400 Euro.

Bezugsfertig ab Oktober. In spätestens drei Monaten muss ich die Wohnung verlassen. Dann schließe ich die Tür hinter mir und schlage ein neues Kapitel auf. Wir sortieren meine Einrichtung in Möbel, die wir verkaufen, Möbel, die wir wegwerfen, und Möbel, die wir vielleicht mitnehmen. Du siehst dir jedes Stück an und beurteilst, kaum etwas passt zur neuen Einrichtung. Entweder beißt sich der Farbton, oder sie sehen zu billig aus. Es ist ein Neubeginn, sagst du, besser wir werden den alten Ballast los.

In meinem Körper wabert es und windet sich. Wenn ich nicht schlafen kann und wach im Bett liege, erwacht es und schwimmt im Fruchtwasser hin und her, als wäre jetzt ein kleiner Ozean in mir. Es stößt an die Decke, hält inne. Auf meinem Bauch ist eine Ausbuchtung zu erkennen, die sich bewegt. Einmal verschwindet sie sofort wieder, ein anderes Mal bewegt sie sich zum Bauchnabel und zurück. Spürst du das nicht, will ich sagen, aber natürlich spürst du es nicht. Du schläfst neben mir, als wäre nichts Außergewöhnliches dabei, wenn ein Wesen zum Leben erwacht. Ich klopfe gegen meinen Bauch. Das Schlagen hört auf, aber dann kommt es wieder, stärker dieses Mal. Georg, flüstere ich und greife nach deiner Hand, wach auf. Ich lege deine Handfläche auf meinen Bauch. Wie ein Geist, sage ich. Ein kleiner Hai, sagst du. Du legst deinen Arm um mich, und ich lege jeden Teil meines Körpers an die passende Stelle: meinen Kopf auf deine Brust, mein rechtes Bein über dein linkes, meine Brust an deinen Bauch. Eine Einheit aus Körpermasse.

Wir gehören zusammen, sagst du, siehst du, dein Kopf passt genau hinein.

Jeder andere Kopf würde genauso hineinpassen, sage ich und beiße dir sanft in den Bauch.

Im Traum begegne ich meiner Mutter. Wir sind kleine Fische, die im Ozean schwimmen. Die anderen Fische sind schon weit voraus. Wir erkennen sie nur an ihren Bewegungen, wenn das Licht durch das Wasser fällt. Ich werde immer langsamer. Etwas zieht mich zurück. Meine Mutter schwimmt weiter, ihre Schwanzflosse schimmert in allen Farben: orange, türkis, rot und gelb. Ich bin fasziniert von den Farben und schaue mich um nach meiner eigenen Schwanzflosse. Sie ist grau und unförmig, auf der linken Seite fehlt ein Stück. Mama? Mama, warte doch auf mich. Sie dreht sich um und lächelt mir zu. Komm doch endlich. Ich nehme alle Kraft zusammen, versuche, schneller zu schwimmen, aber ich kann sie nicht einholen. Etwas zieht mich immer energischer zurück, wickelt sich um meinen Hals und nimmt mir die Luft. Ich ersticke. Mama, rufe ich. Das Schimmern ihrer Schwanzflosse ist im Ozean verschwunden. Nur das Licht zieht sich als langer Strahl durch das Wasser. Plötzlich habe ich wieder Arme, und ich greife an meinen Hals, etwas Glitschiges krieg ich zu fassen. Eine Nabelschnur.

Im Büro feiern wir den Abschied von Sandra und Carmen, die nach Hamburg ziehen, um den neuen Standort zu eröffnen. Wir trinken Sekt und essen Brötchen. Sie zeigen uns Bilder von ihrer Wohnung, Dachgeschoss mit Blick auf die Elbe. Das neue Büro befindet sich in einem hippen Viertel in der Nähe vom Hafen. Sandra wird Standortleiterin, Carmen ihre Stellvertreterin. Beide haben keine Kinder und sind ungebunden. Ich nippe an meinem Sekt und bin schon nach zwei Schlucken so betrunken, dass ich etwas aus dem Gleichgewicht gerate. Ich schlinge ein Brötchen hinunter und lächle, während sie von ihren neuen Kunden erzählen. Vollkommen neue Möglichkeiten. Erste Gespräche. Start-up-Szene. Kreativwirtschaft. Erweiterung des Leistungsspektrums.

Darauf müssen wir trinken, sagt Carmen.

Auf euren Neustart, sage ich und trinke das Glas in einem Zug leer.

Auf euren Neustart, sagen alle. Sie prosten sich zu und sehen mich verwundert an. Entschuldigung, sage ich, stoße mit meinem leeren Glas an und nehme mir noch ein Brötchen.

Willst du uns nicht etwas sagen, Andi?, sagt Sandra.

Ich verschlucke mich und fange an zu husten, ich spüre, wie mir die Hitze in den Kopf steigt.

Was meinst du?

Alle starren auf meinen Bauch.

Als ich weinend nach Hause komme, riecht es nach gebratenem Fleisch und Tomaten. Du stehst in der Küche, hast das Radio laut aufgedreht: *I, I wish I could swim. Like the dolphins. Like dolphins can swim.* Der Tisch ist liebevoll gedeckt. Die Servietten zu kleinen Pyramiden gefaltet, ein Strauß aus weißen Lilien steht auf dem Tisch. Mineralwasser in Weingläsern für mich und für dich. Du kommst mir entgegen, küsst mich auf die Stirn und hilfst mir aus dem Mantel. Ich lasse die Taschen fallen, eine Dose rollt über den Boden.

Warum weinst du?

Du hast an alles gedacht.

Und deshalb weinst du?

Jetzt wissen es alle im Büro.

Das ist doch gut, sagst du und umarmst mich, deshalb musst du doch nicht weinen. Du trägst die Taschen in die Küche.

Ich habe eine Überraschung für dich, sagst du, aber die zeig ich dir erst nach dem Essen.

Während du die Teller anrichtest, setze ich mich an den Tisch und trinke Mineralwasser aus dem Weinglas. So dumm fühle ich mich, so zerstörerisch. Alles machst du, damit ich glücklich bin. Du willst doch nur eine glückliche Familie, ein Leben, wie alle es führen. Ohne große Aufregung, ein ruhiges Abendessen bei Kerzenschein, miteinander einschlafen, sich auf das gemeinsame Kind freuen, ein Nest bauen, in dem wir bleiben können, um miteinander alt zu werden.

Setz dich auf das Sofa und schließ deine Augen, sagst du.

Als ich die Augen wieder öffne, hast du das Licht ausgeschaltet. Der Beamer projiziert in geschwungener Schrift an die Wand: »Unser neues Zuhause«.

Was ist das?

Du wirst schon sehen.

Eine 3D-Animation deines Elternhauses erscheint. Im Garten sitzt ein Kind auf der Schaukel. Die Obstbäume blühen. Ein Hund liegt im Gras.

Ein Hund?

Den hat mein Kollege hineinmontiert.

Willst du jetzt einen Hund auch noch?

Vielleicht. Warum nicht? Aber darum geht's nicht. Schau!

Du lässt das Haus um dreihundert Grad drehen. Der obere Stock des Hauses ist aus Naturholz, eine Seite ist verglast. Von außen sieht man in die Küche und das Wohnzimmer hinein. Über die Terrasse ist ein großer weißer Sonnenschirm gespannt. Darunter stehe ich, vor mir eine Staffelei, ich halte einen Pinsel in der Hand.

Und das Beste kommt erst.

Unsere Wohnung. Wendeltreppen aus Holz, die ins Dachgeschoss führen. Ein Kinderzimmer mit Stockbett und Rutsche. Eine großräumige Küche in Türkis. Eine riesengroße Rattan-Hängeschaukel im Wohnzimmer und daneben ein Zitronenbaum. Die Wände im Gang sind bunt bemalt und darüber ein Schriftzug »Wand frei für Kunst«.

Was ist mit den Wänden?

Die gehören dir.

Deshalb die Heimlichtuerei?

Deshalb, sagst du und küsst mich auf die Stirn, es wird perfekt.

Die Dielen werden rausgerissen. Alle Möbel verschenkt, verkauft oder weggeworfen. Die Fenster und Türen ausgetauscht. Die Wände neu verputzt oder eingeschlagen. Die Badewanne kommt raus, die Fliesen werden abgeschlagen. Nichts bleibt mehr von der alten Wohnung. Es kann jetzt hören. Es hört meinen Herzschlag, das Rauschen meines Blutes. Es hört die Bohrmaschinen, den Hammer, die Mauern, die einbrechen. Die endgültige Anzahl der Nervenzellen – zwölf bis vierzehn Milliarden – ist jetzt vorhanden. Ich nehme den Hammer. Er liegt schwer in meiner Hand. Ich fixiere die Wand. Ich schlage zu. Ein Loch, das größer und größer wird.

6

Im Traum wurde meine Mutter ermordet. Sie liegt zerstückelt in den Schubladen des Badezimmers. Es ist Morgen, und meine Tochter kommt gerade aus dem Zimmer, um sich für die Schule fertig zu machen. Ich versuche, es vor ihr zu verheimlichen, doch ständig fragt sie, wo ihre Großmutter ist, was in den Schubladen ist. Plötzlich steht der Mörder im Flur. Plötzlich liege ich im Bett meiner Mutter. Der Mörder neben mir. Er ist ganz zutraulich und zärtlich. Ich werde euch nicht umbringen, sagt er, ich bin kein Mörder. Er legt seine Hand auf meinen Arm. Zwischen uns ist eine seltsame Vertrautheit. Ich liege also mit dem Mörder im Bett meiner Mutter, während meine Tochter sich allein für die Schule zurechtmacht. Mit einem Ohr höre ich in das Badezimmer, in der Hoffnung, dass sie nicht alle Schubladen öffnet. Mit dem anderen Ohr höre ich die leise Stimme des Mörders.

Deine Mutter redet laut und wiehert, wenn sie lacht. Sie geht immer zu schnell, läuft die Gänge der Möbelhäuser entlang, ich hinterher, in der Duftwolke ihres Parfums. Nach der ersten Etage verliere ich sie aus den Augen. Sie weiß schon im Voraus, welche Möbel sie sich wo ansehen möchte, hat eine Aktentasche mit den Katalogen dabei und bahnt sich gezielt ihren Weg zu den Ausstellungsstücken. Die Samstage sind jetzt unsere Tage: Schwiegermutter-Schwiegertochter-Tage. Manchmal sind wir wie Mutter und Kind, manchmal wie gute Bekannte, manchmal wie Fremde. Mal bin ich die Tochter, die sie nie hatte, dann wieder die Frau, die ihr den Sohn streitig macht. Sie kämpft mit mir um jedes einzelne Möbelstück, als wären es Machtsymbole, mit denen sie ihr Territorium markiert. Sie spricht mit den Verkäufern, während ich danebensitze, das Telefon in der Hand, wie ein kleines Kind. Wenn ich sage: Nein, ein weißer Schrank kommt nicht infrage, sagt sie: Anschauen können wir ihn ja trotzdem. Oder: Georg wollte, dass wir uns diesen Schrank anschauen. Wenn ich dem Verkäufer ein Zeichen gebe, dass dieser Schrank unmöglich ist, stellt sie umso interessiertere Fragen: Wie lange die Lieferzeit beträgt. Ob man den Schrank anpassen kann. Ob es andere Farben gibt. Sie macht sich Notizen, nimmt das Meterband in die Hand und misst die Seiten ab. Alles, was ich sage, wird übergangen mit: Das hat man jetzt so. Das ist jetzt modern.

Ich hasse dich dafür. Während ich mit deiner Mutter diskutiere, stehst du zu Hause mit deinem Vater auf der Baustelle und kommandierst die Bauarbeiter herum. Ich erinnere mich daran, wie wir sagten: Wir leben unser Leben, sie leben ihres. Worte, die beinahe altertümlich klingen, als wären Jahrzehnte seither vergangen.

Ich wandere die Gänge entlang und sehe mir die Räume an, die Küchen und Kinderzimmer, Wohnzimmer und Schlafzimmer. Die Tische sind mit Weingläsern und bunten Servietten dekoriert. Auf der Anrichte stehen Obst und Kräutertöpfe aus Plastik. In den Regalen Bücherattrappen. Fertigzimmer, die in unser Leben hineinpassen, genauso wie in jedes andere. In einem Raum stehen Sofas in verschiedenen Größen und Formen. Sie sehen alle gleich aus: schwarz, grau, weiß, braun, mit Liegefläche oder ohne. Nur ein Sofa leuchtet orange und ist so weich, dass ich darin einsinke. Die Pölster schmiegen sich an meinen Körper. Hier will ich bleiben, denke ich. Deine Mutter ist in einer anderen Abteilung und diskutiert immer noch mit dem Verkäufer. In meinem Bauch seltsame Bewegungen, eine Art rhythmisches Springen, als würde tatsächlich ein Insekt in mir leben. Vielleicht ist es kein Schmetterling, mehr eine Art Grashüpfer, giftgrün wie ein Laubblatt oder dunkelrot, getarnt in der Gebärmutter. Ich lege meine Hand auf den Bauch und klopfe leicht mit den Fingern zurück. Es bewegt sich, springt langsamer, dann wieder schneller. Im Liegen beobachte ich die vorbeigehenden Beine. Die meisten Beine sind zu viert, gehen langsam, bleiben stehen, gehen weiter. Hände gestikulieren neben ihnen, und ein Stimmengewirr, Gelächter, laute und leise Stimmen. Manche diskutieren über die Einrichtung ihrer Wohnräume. Wie oft soll ich dir noch sagen, dass wir keinen Platz dafür haben.

Da bist du ja!

Die Beine deiner Mutter kommen auf mich zugelaufen. Sie stecken in schwarz lackierten Stiefeln, die ihr bis zu den Knien reichen und das Licht der Leuchtröhren reflektieren. Sie legen sich neben mich auf das Sofa.

Ich hab dich überall gesucht. Die Lieferung würde nur eine Woche dauern.

Ich nehme dieses Sofa.

Aber wir wollten doch –

Du wolltest. Es ist unsere Wohnung, sage ich und winke einen Verkäufer zu uns.

Mittags sitzen wir im Restaurant und ruhen uns aus. Wir essen die Möbelhausmenüs zu besonders günstigen Preisen. Deine Mutter hat für jedes Haus Rabattgutscheine dabei, mit denen wir Prozente, Gratisgetränke oder Gratisbeilagen bekommen. Wir haben die Kataloge, Notizen und den Wohnungsplan vor uns aufgeschlagen und entscheiden uns für Lampenschirme, Garderobe, Kleiderschrank, Gartenmöbel. Hin und wieder sagt deine Mutter: Ihr seid doch nur zu dritt. Oder: Das brauchst du doch nicht. Oder: Das passt doch nicht zu den anderen Möbeln. Wir schicken dir Fotos, und du segnest ab. Deine Vorgaben sind so eng, dass wir kaum etwas falsch machen können. Lampenschirme in Weiß und in Schwarz. Rattanmöbel für die Terrasse. Bücherregale aus Eichenholz. Die Einrichtung für die Küche und das Bett fertigt ein Tischler an.

Seltsam, sage ich, jetzt, wo ich bald nicht mehr arbeiten werde, kann ich es kaum erwarten, wieder zurück in die Firma zu kommen.

Du stellst dir das viel zu einfach vor. Ein Kind ist eine Lebensaufgabe.

Ich winke ab und sage: Aber …

Kein Aber, du hast keine Ahnung, was auf dich zukommt. Ich bin sieben Jahre zu Hause geblieben, habe Teilzeit gearbeitet, bis die Kinder sechzehn waren.

Das war früher vielleicht so, die Zeiten haben sich geändert.

Du hast Vorstellungen! Wer macht ihnen Frühstück, wenn du arbeitest? Wer bringt sie in den Kindergarten, wenn du arbeitest? Wer kocht das Mittagessen, wenn du arbeitest? Wer ist für sie da, wenn sie krank sind?

Es gibt Tagesmütter und Kinderhorte.

Willst du, dass die dabei sind, wenn dein Kind die ersten Schritte macht? Sei doch vernünftig, Andi, und bleib ein paar Jahre zu Hause. Georg verdient doch gut. Genieß es. Wozu schafft ihr euch denn ein Kind an, wenn du gleich wieder arbeiten willst? Die ersten Jahre sind die schönsten. Sie gehen doch so schnell vorbei.

Ich möchte aber arbeiten, sage ich.

Lass dir lieber Zeit. Du weißt nicht, wie das ist. Man

schafft sich kein Kind an, um es bei anderen zu deponieren.

Georg ist auch noch da, sage ich.

Georg kann eine Mutter nicht ersetzen. Er kann auch nicht jederzeit vom Büro weg. Wenn man ein Kind hat, dann muss man zurückstecken, dann zählt man selbst eben weniger.

Ich sage doch nicht, dass ich nicht für das Kind da sein werde. Ich möchte einfach arbeiten, sobald es möglich ist.

In ein paar Monaten wirst du anders darüber denken. Als ich Georg im Arm gehalten habe, war das der schönste Moment meines Lebens. Ich wollte nichts anderes mehr, als Mutter sein und dieses Kind im Arm halten.

Wird schon so sein.

Als Mutter darf man nicht leichtfertig sein.

Ja, Erika.

Andere Mütter würden sich wünschen, mehr Zeit mit ihrem Kind zu verbringen, aber nicht alle können sich das leisten.

Ja, sage ich, lass uns zahlen.

Ich sehe meinem Mund dabei zu, wie er sich zu einem Ja öffnet. Jedes Mal kommt wieder derselbe Ton heraus. Ich staune immer wieder, wie gleichförmig sich ein Ja anhören kann. Denn mein: Ja, Georg, mach, wie du glaubst, mein Ja, ich freue mich auch, klingt genauso wie mein Ja, Erika, ich sollte weniger essen, wie mein Ja, Erika, das brauchen wir wirklich nicht, wenn wir nur zu dritt sind, mein Ja, wir kommen gerne zum Essen, Ja, ich freue mich über Georgs Wiege, mein Ja, ich sollte weniger arbeiten, mein JA, ich liebe dich auch. Mit jedem Ja rutsche ich weiter in die Scheiße hinein. Ich stehe unter der Dusche. Ja, schreie ich. Das Wasser ist so heiß, dass es auf meinem Körper brennt. JA. JA. JA. JA.

Wir liegen auf Wellnessliegen in der Therme. Sie hängen an der Decke und sind ergonomisch geformt. Du liegst auf dem Rücken, ich auf der Seite. Mein Bauch neben mir, als wäre er schon ein eigenständiges Wesen. Deine Eltern haben uns zu Weihnachten ein Wochenende geschenkt. Ihr braucht Zeit für euch, sagten sie, jetzt könnt ihr es noch genießen, dann ist die Ruhe vorbei.

Die Luft riecht nach Chlor, das Licht färbt sich abwechselnd rot, orange, grün und blau. An der Wand hängt ein Schild, auf dem die Farben erklärt sind. Rot steht für Leidenschaft und regt den Stoffwechsel an. Orange für Lebensfreude und fördert die Nierenfunktion. Blau steht für Ruhe und fördert klares Denken. Grün ist die Farbe der Natur. Aus den Boxen ein sanftes Dudeln, vermengt mit Vogelgezwitscher und einem Plätschern, als würden wir mitten in einer Waldlichtung liegen, umgeben von einer Horde an Kleinkindern. Die Musik wird nämlich übertönt vom Schreien der Kinder, immer wieder springt eines ins Wasser. In den Schulferien sind viele Familien da, sagte die Frau an der Rezeption bei unserer Ankunft, aber in der Saunalandschaft gibt es Ruheräume.

Du gehst nach draußen, telefonierst mit deinem Vater oder einem der Bauarbeiter und kommst verärgert zurück.

Alles muss man selbst machen, sagst du, alles versauen sie, unfähige Leute, es regt mich so auf. Du schimpfst vor dich hin, während ich versuche, einen Satz, den ich vor Minuten begonnen habe, zu Ende zu lesen. Die Kinder werden immer lauter und mehr, jetzt sind es schon vier. Das Wasser spritzt auf meine Beine. Ihr Schreien und Lachen hallt durch das ganze Schwimmbad, durchbrochen vom lauten Platschen. Der Raum ist so klein, dass die Laute von einer Wand zur nächsten geworfen werden. Immer wieder zucke ich zusammen.

Nicht so laut, ruft die Mutter, hier sind auch noch andere Leute.

Aber anstatt leiser zu werden, schwellen die Kinderstimmen zu einem unerträglichen Lärm an.

In der Sauna ist es dunkel. Fremde Männer und Frauen sitzen in den Ecken. Von ihren Körpern sind nur Umrisse zu erkennen. Der Geruch von Nadelzweigen durchströmt den Raum. Kleine Wasserpartikel steigen auf und sinken wieder ab. Es ist still hier, nur ein leichtes Zischen ist zu hören, wenn neuer Dampf in den Raum gestoßen wird. Die heiße Luft strömt durch meine Lungen. Der Dampf vermengt sich mit meinem Schweiß und fließt an meinem Körper entlang. Ein kleiner Tritt. Nur einen Moment –

Ich schließe die Augen. Noch ein Tritt. Ich lege beide Hände auf meinen Bauch, er ist hart und fühlt sich fremdartig an. Ich reibe mit den Handflächen darüber. So hat es auch meine Mutter gemacht, wenn ich Bauchschmerzen hatte. Die Tritte werden weniger und sanfter, bis sie aufhören. Schläft es?

Ich schlüpfe in meinen Bademantel und gehe nach draußen. Es ist schon dunkel, und die Berge nur noch als Schatten erkennbar. Die Lichter der Häuser blinken unter mir, und über mir hängt der Mond, eine riesige gelbe Kugel, so schwer, als könnte er jederzeit in das Tal stürzen.

Was schön ist: der Nebel, der sich morgens um die Nadelwälder legt. Die kalte Bergluft. Der Schnee, der in den Augen blendet. Der Klang der Skischuhe in den Gaststuben. Das Knarren des Holzbodens. Der Geruch des Winters. Die Stille, die sich nachts über das Dorf legt und morgens langsam wieder verschwindet. Ich gehe auf den Balkon. Die Luft ist kalt, und beim Ausatmen kommen Rauchwolken aus meinem Mund. Kein Hämmern. Keine Stimmen. Nur die Berge, die mir gegenüberstehen. Ein wenig abweisend, fast feindselig. Achtundneunzig Tage liegen noch vor mir, hundertzweiundachtzig Tage hinter mir. Achtundneunzig Tage, die mir gehören. Das ist wenig. Die Sonne taucht die Felsen in ein rötliches Licht. Die Nebelschwaden ziehen sich allmählich zurück. Ein Hahn schreit in der Nähe. Es ist acht Uhr früh, das Dorf erwacht.

Ich versuche, dich zu wecken, aber du bist so müde von der Arbeit, der Baustelle, also lasse ich dich weiterschlafen. Ich setze mich in den Wintergarten des Hotels. Auf meinem Teller stapeln sich Salami, Räucherlachs, Speck und Frischkäse. Dazu trinke ich Kaffee und frisch gepresste Säfte. Niemand da, der etwas dazu sagen könnte. Die Wände sind aus naturbelassenem Holz, selbst die Teller und die Dekoration. Nur eine Wand ist aus Glas und in der Mitte ein Holzfenster in Herzform mit karierten kleinen Vorhängen. Die Aussicht gibt den Blick frei über den Hang, die Bauernhöfe und den Schnee, der in der Sonne funkelt. Ein Blick wie aus dem Hotelkatalog. Darüber würde jetzt stehen: Den Augenblick genießen. Oder: Genuss ist Nahrung für die Seele. Oder: Einfach mal die Seele baumeln lassen. Ich würde einen lieblichen Schriftzug suchen, ihn Gold oder Weiß einfärben. Einen Filter über das Foto legen, damit das Glitzern des Schnees noch besser zur Geltung kommt. Neben mir sitzen Paare und Familien. Ich bin die Einzige, die allein sitzt. Keine Kinder bei mir, die durch den Frühstückssaal laufen, die gefüttert oder beruhigt werden müssen. Ich lehne mich zurück, der Milchschaum knistert auf meinen Lippen. Ich betrachte die Berggipfel, die Holzdächer der Bauernhöfe, auf denen eine dicke Schneeschicht liegt. Nur die Kamine sind frei, der Rauch schlängelt sich nach oben. Ein wenig Glück strömt durch meinen Körper. Ich spüre es in den Fingerspitzen. Die Anspannung löst sich, als wäre ein großes Gewicht von mir abgefallen, als wäre ich schwerelos. Ein kleines Insekt, das von einem sanften Windstoß getragen wird. Aber dann kommst du doch noch. Du hältst eine Zeitung in der Hand, holst dir gleich was vom Buffet. Auf deinem Teller dasselbe wie immer: eine Semmel, eine Scheibe Schwarzbrot, ein Päckchen Butter, zwei Marmeladen. Erdbeere und Kirsche. Dazu eine Schale mit Müsli, zwei Löffel Naturjogurt und ein Löffel Honig.

Ich entferne mich, ich steige auf und schwebe über uns. Da sitzt du, die Zeitung vor dir aufgeschlagen, abwesend kaust du an deinem Brot. Da sitze ich, abgewandt, immer noch den Blick auf die Berge gerichtet. Ein Stillleben der Gegenwart. Ich bewege mich weiter nach oben, jetzt sehe ich auch die anderen Tische, die Paare, die Familien. Zeitungen verdecken ihre Köpfe, Telefone bannen ihre Blicke. Kinderhände funken dazwischen. Abwesende Gesichter, spärliche Worte, Hände, die über Kindermünder wischen. Ich berühre die Decke und breche durch. Die kalte Luft elektrisiert mich. Zuerst gerät mein Körper außer Kontrolle. Ich drehe mich, den Kopf unten, die Beine oben, rudere hilflos in der Luft. Ich muss mich erst an die Schwerelosigkeit gewöhnen. Mit meinem Atem und meinen Händen reguliere ich die Position. Jetzt schwebe ich. Noch kann ich die Köpfe erkennen. Du hast nicht bemerkt, dass ich weg bin, noch immer bist du vertieft in deine Zeitung. Die Köpfe werden kleiner, wie kreisförmig arrangierte Nadelköpfe sehen sie jetzt aus. Der Wind trägt mich immer weiter hinauf. Und als ich schon bei den Wolken angekommen bin und ein feuchter Schleier meine Kleidung durchnässt, habe ich dich und die anderen vollkommen aus den Augen verloren. Weiße bauschige Wolken vor mir, die im Morgenlicht schimmern. Wie ein Feld aus Zuckerwatte.

Ich liege neben dem Schwimmbecken. Du bist wieder zurück ins Zimmer gegangen, weil dein Vater dich angerufen hat. Ich muss mir noch einmal den Plan ansehen, sagtest du, ich komm gleich wieder zurück. Seither sind zwei Stunden vergangen. Ich bin dreimal ins Wasser gegangen, zweimal in der Sauna gewesen. Ich rufe dich an, dein Telefon ist besetzt. Überall neben mir liegen Paare ineinander verkeilt. Väter, die mit ihren Kindern im Wasser spielen. Wahrscheinlich hast du dir nicht nur die Pläne angesehen, dir ist sicher noch etwas anderes eingefallen, das noch zu klären ist. Vielleicht hast du deinen Vater noch einmal angerufen oder den Vorarbeiter, um sicherzugehen, dass alles so gemacht wird, wie es im Bauplan steht. Ich kann dir nicht einmal böse sein. Das ist für uns, würdest du sagen, für das Kleine, für dich und für mich. Das ist eine Phase, die wieder vorbeigeht. Wir müssen jetzt alle zurückstecken, würdest du sagen. Das ist so in einer Familie. Jeder geht einen Kompromiss ein. Ich liebe dich doch, würdest du sagen. Das sagst du überhaupt oft in den letzten Monaten. Als müsstest du dich selbst vergewissern, als würdest du es mir nur sagen, um zu hören, dass ich dich auch liebe, dass ich dich immer noch liebe, nach so vielen Jahren, dass ich dich vielleicht noch mehr liebe als früher, weil unsere Liebe gewachsen ist. Aber ich sage es nicht, ich streiche dir nur über den Kopf wie einem Haustier, das man zur Beruhigung hinter den Ohren krault. Wenn ich an meinen Bauch klopfe, bewegt es sich.

Ich schwimme ein paar Längen. Sobald ich abtauche, werden die Stimmen und die Geräusche vom Wasser verschluckt. Mein Atem kleine Bläschen, die sich an die Oberfläche schlagen. Der Boden und die Wände blaue Mosaike, die im Licht schimmern. Meine Bewegungen passen sich denen des Wassers an. Ich bin leicht, gleite wie ein Meerestier von einem Ende des Beckens zum anderen. Alles ist ruhig und langsam, als wäre die Zeit stehen geblieben. Mein Atem ein Rauschen im Wasser. Fast ist es, als gäbe es nur mich und das Wasser. Aber dann komme ich in einen Wirbel, strampelnde Beine und schlagende Hände. Als ich auftauche, bricht das Geschrei der Kinder wieder über mich herein.

Am Abend sitzen wir im Hotelrestaurant. Das Licht der Tischkerzen erfüllt den Raum und taucht das Holz in warmes Licht. Die Hotelgäste sitzen wie aufgefädelt an ihren Plätzen. Sie haben rote Wangen von der Sauna und vom Skifahren. Sie sehen müde und entspannt aus. Kleine Namensschilder aus Holz liegen auf den Tischen. Auf unserem steht: »Fam. Thaler«. Ob zwei Personen schon eine Familie sind? Wir haben uns schick gemacht. Ich trage die Perlenkette, die mir deine Mutter geschenkt hat. Du ein violettes Hemd, auch das ein Geschenk deiner Mutter. Du riechst nach herbem Parfum, hast deine Haare mit Gel frisiert. Du lehnst dich zurück, lächelst mich an und streichst über meine Hand. Du bist wirklich schön, denke ich. Deine Augen groß, sie leuchten mich an. Dein Oberkörper muskulös, das Hemd spannt über der Brust. Dein kantiges Gesicht, dein Lächeln, die kleinen Falten von der Nase zu den Lippen. Du wirst schöner mit den Jahren, strahlst Selbstsicherheit aus. Wie wir uns verändert haben. In Jesolo sind wir noch streitend durch die Gassen gelaufen. Jetzt sind wir eine Familie, und im richtigen Leben ist kein Platz mehr für Dramen. Wir tragen Perlenketten und gebügelte Hemden. Wir essen Sechs-Gänge-Menüs, deren Zutaten klingen wie Rätsel. Wir lächeln uns an, höflich und mit einem Hauch von Glück in unseren Augen. Als Familie trägt man immer eine gewisse Zufriedenheit in sich. Ist es nicht herrlich, sagen wir. Ist es nicht schön hier. Ist es nicht wunderbar. Und dann schauen wir zufrieden durch den Raum. Dieses Holz. Diese Aussicht. Dieses Essen. Deine Mutter hat wirklich ein schönes Hotel ausgesucht. Und während wir auf den zweiten Gang warten, rufst du sie an. Das Hotel ist ein Traum, wir sind gerade beim Essen. Ja, in der Sauna waren wir auch. Liebe Grüße, Andi, du sollst dich auch entspannen, sagst du und zwinkerst mir zu.

Ich lasse meinen Blick durch den Raum schweifen. Überall Paare, allein oder mit Kindern. Große Kinder, kleine Kinder, Einzelkinder oder zwei. Sie sitzen ruhig an den Tischen, in ihren Sonntagsgewändern. Sie sehen aus wie die Miniaturformen ihrer Eltern, mit roten Bäckchen und einem zufriedenen Blick. Wir sind jetzt auch so ein Paar, das funktioniert. Eng verzahnt wie ein Getriebe. Zahnrad für Zahnrad greift reibungslos ineinander. Alles bleibt an der Oberfläche: ein kleiner Kuss, eine kurze Umarmung, ein aufmerksames Lächeln, eine anerkennende Berührung. Alles ist fein abgestimmt auf ein gutes Miteinander. Abends legen wir uns in das Bett. Ein Gute-Nacht-Kuss. Rücken an Rücken schlafen wir ein, jeder sich selbst zugewandt.

Als die Nachspeise serviert wird, setzt sich ein Mann ans Klavier und spielt Erik Satie. Das ist der letzte Urlaub, den wir nur für uns haben, sagst du. Du trinkst Rotwein, fast eine ganze Flasche allein. Nur mehr drei Monate, sagst du, beim nächsten Urlaub sind wir zu dritt. Wir essen unser Lebkuchenschokomousse mit Birnenschaum und Feigenhalbgefrorenem. Dazwischen tauchen Bilder auf. Das saugende Kind an meiner Brust. Das schreiende Kind in meinem Arm. Das schlafende Kind zwischen uns. Durch die Glasscheibe sieht man die Lichter im Tal flackern. Eins nach dem anderen erlischt. Sie werden immer weniger, bis nur mehr einzelne Lichter zu sehen sind und die letzten Töne von Satie verklingen.

Der Mond leuchtet in unser Zimmer. Du nimmst meine Hand, und wir tanzen. Du drehst mich vorsichtig. Du hältst mich fest. Es spielt doch keine Musik, sage ich. Doch du führst mich nur bestimmter: zwei Schritte vor, zwei zurück. Drehst mich einmal nach links, einmal nach rechts. Ich weiß nicht, für wie lange.

Ich liege seitlich, du dringst von hinten in mich ein. Du küsst meinen Rücken, jeden Millimeter davon, atmest in meinen Nacken, streichst mir über die Brüste. Du bist mir so nah wie lange nicht. Wir winden uns, treiben durch die Nacht, bis wir erschöpft nebeneinander einschlafen.

Am Morgen packen wir unsere Sachen in das Auto. Jetzt liegt auch unser letzter gemeinsamer Urlaub hinter uns. Wir fahren die Serpentinen hinunter ins Tal und die anderen Serpentinen wieder hinauf und nach Hause. Im Radio berichten sie von Schlauchbooten, die über das Meer zu uns kommen. Tausende Menschen und Hunderte am Meeresgrund. Dann singt eine helle Stimme von Sonnenschein und Reggae.

Ich stehe vor dem Spiegel. Mein Bauch eine Kugel. Er wird größer, härter, fremdartiger mit den Tagen. Wie Stein fühlt er sich an. Meine Brüste sind gewachsen. Ich trete näher, bis ich fast den Spiegel berühre. Mein Gesicht ist blass. Die Falten sind tiefer geworden. Mein Blick ist müde. Die Augen von schwarzen Ringen umrandet. Jetzt erkenne ich langsam meine Mutter, in den Linien, die durch mein Gesicht wandern. In dieser Art zu schauen, wie der Mund sich ein wenig nach unten geformt hat. Jetzt hat es schon Haare und Fingernägel. Es kann seinen Daumen in den Mund stecken. Die Nervenzellen haben sich zu einem komplizierten Netzwerk entwickelt. Es kann begreifen und sich erinnern. Woran wird es sich erinnern?

Ich erinnere mich in Bruchstücken. Eine Hand, mit langen schönen Fingern und bunt lackierten Nägeln. Ein Schlaflied. Eine helle Stimme. Der Geruch von Jasmin in ihren Schals. Eine Schublade voller Knöpfe. Der Duft von Apfelstrudel. Ihre roten Stöckelschuhe, die mir immer zu groß waren. Ihre Seidenblusen, die mir zu weit waren. Ihr Bett, das nach Waschmittel roch und nach Schlaf. Ihre Ohrringe in einer kleinen bunten Schachtel. Ihre Bücher, auf den Nachtschrank gestapelt. Ihre Handschrift auf den Kassetten: Fabrizio André. Leonard Cohen. Wie sie zu fest an meinen Haaren zieht, wenn sie mir Zöpfe bindet. Wie sie neben mir sitzt und mir bei den Hausaufgaben hilft. Wie sie am Bügelbrett steht und lacht, während ich Filme von Jerry Lewis und Laurel and Hardy sehe. Ihre Nase, die mich anstupst, wenn ich weine. Wann war dieser Moment, der ihr den Hals zuschnürte? War es, als sie meine Kleider bügelte? War es, als sie mich in die Schule brachte? War es, als sie mein

Mittagessen kochte? Was würde sie sagen, wenn sie mich jetzt sehen würde?

Ich zeichne kleine Linien. Wellen und Risse. Ich suche seit Wochen nach einem Bild, das für uns steht. Eines, das unsere Vergangenheit zeigt und auf unsere Zukunft verweist. Ich male Kreise und Quadrate. Aber ich finde kein Bild. Beim Malen sehe ich ihr Gesicht vor mir. Es ist riesengroß. Ihre Zähne leuchten weiß, wenn sie den Mund öffnet. Sie spricht leise zu mir, beruhigend, ihre Stimme ganz tief. Ihre Augen grün und blau mit kleinen gelben Tupfern darin. Wie Glaskugeln. Sprich lauter, sage ich, ich kann dich nicht verstehen. Das Gesicht verschwimmt, sobald ich spreche. Ihre Augen fallen hinunter zum Mund, die Zähne werden zu weißen Linien, färben sich rosa, bis alles zu einem abstrakten Gemisch aus Blau-, Grün- und Rottönen zusammenläuft. Ich lasse den Pinsel kreisen, dann wieder reibe und kratze ich mit einer Spachtel über die Fläche, bis das Blatt reißt. Immer kommt diese Wut wieder zurück. Ich nehme ein neues Papier, rolle es über den gesamten Boden des Zimmers. Die Linien formen sich zu Wellen. Sie bäumen sich auf, werden höher und höher. Eine Flut. Das Wasser verdunkelt sich, bis es schwarz wird. Ich höre das Rauschen, es wird stärker und dröhnt in meinen Ohren, ein Getöse, als würde etwas einstürzen. Ein Haus, das in sich zusammenfällt.

Es ist fertig, sage ich, so wird es aussehen.

Ich habe das Bild auf den Boden gelegt. Es ist so lang wie der Raum. Du gehst auf und ab, damit du jedes Detail sehen kannst, und schaust konzentriert.

Sag was.

Beeindruckend, sagst du, es ist schön. Nächste Woche kannst du beginnen.

7

Wir stellen uns vor: Name. Beruf. Schwangerschaftswoche. Befindlichkeiten. Die Frauen sitzen im Schneidersitz auf ihren Yogamatten. In der Mitte kugeln die Bäuche. Manche sind prall wie Luftballons. Manche wölben sich nur leicht über den Hosenbund. Ein paar Männer sitzen daneben. Auch du hast darauf bestanden mitzukommen. Ich will doch teilhaben, sagtest du. Die Vorstellungsrunde verläuft im Uhrzeigersinn, fünf Frauen kommen vor mir dran. Sylvia, 23, Verkäuferin. Marina, 33, Lehrerin. Martha, 37, Hausfrau. Ilaria, 32, Rezeptionistin. Sabine, 20, Studentin. Marina hat schon zwei Kinder. Ilaria erwartet ihr zweites. Sie alle befinden sich in der 27. bis 33. Schwangerschaftswoche. Solche Schmerzen wie bei diesem Kind hatte ich noch nie, sagt Martha. Ilaria sagt: Die letzte Schwangerschaft war die schönste Zeit meines Lebens, dieses Mal kann ich es bewusster genießen, weil ich weiß, was auf mich zukommt. Ich halte mich kurz: Andrea, 35, Grafikerin. 27. Schwangerschaftswoche. Keine Beschwerden. Ich gebe weiter an die nächste Frau, doch die Hebamme gibt sich nicht damit zufrieden.

Möchtest du uns nicht erzählen, wie es dir geht?

Es gibt nichts zu erzählen, läuft alles normal.

Hast du das Baby schon gespürt?

Ja, es drückt ständig gegen meine Eingeweide, ich bin froh, wenn es draußen ist.

Die anderen Frauen lachen.

Geht es den anderen auch so wie Andrea?

Ja, die Schmerzen bringen mich um, sagt Martha, nichts kann ich mehr allein machen, und mein Mann sagt nur: Stell dich nicht so an, du hast doch schon zwei Kinder, wie hast du es denn die letzten Male geschafft?

Die Männer lachen, die Frauen auch.

Ich habe starke Rückenschmerzen, sagt Sylvia, Sodbrennen, Wassereinlagerungen, und nachts kann ich nicht schlafen, weil das Baby sich dauernd bewegt.

Ich habe dreißig Kilo zugenommen, sagt Anita, und wenn ich in den Spiegel schaue, könnte ich kotzen.

Lasst es raus, sagt die Hebamme, genau dafür bin ich da. Andrea, möchtest du auch noch was sagen?

Mir geht dieser ganze Schwangerschaftszirkus auf die Nerven.

Du streichst mir über den Rücken und flüsterst: Schatz …

Das kann ich verstehen. So wie Andrea geht es vielen Frauen. In den letzten Wochen wird die Schwangerschaft zu einer körperlichen Anstrengung. Da wächst ein Kind in euch. Am Ende der Schwangerschaft kann es bis zu fünf Kilo schwer sein. Das ist eine Belastung, das müsst ihr euch zugestehen. Es ist nicht alles rosig, aber deshalb sind wir hier. Um euch bestmöglich auf die letzten Wochen vorzubereiten.

Eine Wehe kann man sich wie eine Welle vorstellen, sagt die Hebamme. Das Kind rutscht nach vorne und wieder zurück. Die maximale Spannung ist erreicht, wenn das Köpfchen schon fast draußen ist. Das ist der Zeitpunkt, an dem die Frauen sagen: Ich kann nicht mehr. Mich zerreißt es fast. Dann ist das Schlimmste schon vorbei. Die meisten Kinder schreien spätestens nach sechzig Sekunden, doch manche brauchen mehr Zeit. Dann drehe ich den Kopf zur Seite, vielleicht ist noch etwas Fruchtwasser im Mund. Es war vorher ganz eng, jetzt ist viel Platz da. Es war vorher ganz dunkel, jetzt ist es hell. Es war vorher ganz warm, jetzt ist es kalt. Wenn es den ersten Schock überstanden hat, schreit es in der Regel laut und kräftig.

Ich stehe am Ufer. Der Geruch von Salz und ein Rauschen. Am Horizont sehe ich eine Welle, die auf mich zukommt. Sie bäumt sich auf, je näher sie kommt, wird höher und höher. Ich sage mir: Sie wird schon wieder abflachen, bis sie zu mir kommt. Eine Welle kann nicht so hoch sein. Das Rauschen wird lauter. Der Wind schlägt mir Sandkörner ins Gesicht. Ich atme ein und zähle bis zehn. Atemübungen, höre ich noch und: Bewegung ist wichtig. Du legst deine Hand auf meinen Bauch. Wir beginnen zu hecheln. Was ist das nur für ein Zirkus, sage ich. In mir zieht und strampelt es. Mein Rücken schmerzt, es ist fast nicht zum Aushalten. Ich beiße meine Zähne zusammen, ich zähle wieder. Ich atme, so viel Luft, dass mir fast die Lunge zerspringt. Ist doch lustig, sagst du und hechelst mir ins Ohr, du musst das mit Humor nehmen. Lach doch mal!

Sobald du ein Kind hast, ändert sich alles. Das sagen alle, mit denen ich spreche. Sie sagen zum Beispiel: Das kannst du dir vorher nicht vorstellen. Oder: Ein Kind stellt alles auf den Kopf. Nichts bleibt nämlich, wie es vorher war. Ein Kind führt dich zur absoluten Selbstaufgabe. Ein Kind stellst du immer über dich. Alles verändert sich, dein Blick auf die Dinge, deine Einstellung zum Leben. Man führt ein anderes Leben, aber ein besseres. Das hättest du nie für möglich gehalten. Du weißt ja vorher nicht, wie das ist. Diese Liebe. Diese Schlaflosigkeit. Diese Aufopferung. Diese Verantwortung. Dass man überhaupt funktionieren kann mit so wenig Schlaf. Die ersten Monate erlebt man wie in Trance. Man lebt in einer eigenen, seltsamen Welt, bizarr und schön gleichermaßen. Es ist, als würde sich bei der Geburt ein Schalter umlegen. Das kannst du jetzt noch nicht verstehen. Mit Kind lebst du dein Leben bewusster. Du lernst wieder, die kleinen Dinge zu schätzen. Du wirst so viel lachen wie nie zuvor. Und das Glück wird von Tag zu Tag größer.

Sobald du ein Kind hast, bist du den ganzen Tag allein. Das sagen die Mütter mit Kleinkindern, die sich vieles anders vorgestellt haben. Dein Mann arbeitet den ganzen Tag, und wenn er abends endlich nach Hause kommt, ist er müde, hat keinen Kopf und keine Nerven für dich oder das Kind. Deine kinderlosen Freunde ziehen sich allmählich zurück. Dauernd triffst du nur andere Mütter. Beim Babyschwimmen. Beim Kinderarzt. Beim Babykrabbeln. Gehst du aus dem Haus, musst du stundenlange Vorbereitungen treffen, während dein Kind abwechselnd schreit, gefüttert und gewickelt werden will. Dein Aktionsradius verkleinert sich auf: Haus-Supermarkt-Haus-Kinderarzt-Haus-Krabbelgruppe. Deine Gespräche reduzieren sich auf Babynahrung und Babywindeln. Deine Wohnung sieht aus wie ein Schlachtfeld. Deine Kleidung ist voller Babykotze und Babyspucke. Das, was du vorher warst, zählt nicht mehr. Wie es dir geht, zählt nicht mehr. Das, was zählt, ist dein Kind. Wie es deinem Kind geht, was dein Kind macht, wie dein Kind wächst, was dein Kind sagt. Jetzt bist du Wickelhilfe, Ankleideassistentin und Nahrungszufuhr. Du schläfst vielleicht zwei Stunden am Stück, fühlst dich müde und kraftlos. Für dich ändert sich alles, aber für deinen Mann ändert sich wenig. Er arbeitet und schläft genauso wie vorher, und abends kommt er nach Hause und fragt: Was hast du den ganzen Tag gemacht? Das musst du wissen, bevor du ein Kind in die Welt setzt. Du musst dich von allen Illusionen lösen. Nichts bleibt nämlich, wie es vorher war. Und das erste Jahr mit Kind wird das anstrengendste Jahr deines Lebens. Nur, dieses Mal kannst du nicht aufgeben.

Sie sagen: Lebensbejahung, Vertrauen in die Menschheit und Zuversicht. Sie sagen: Wir wollten einfach Kinder, da gibt es keinen Grund. Das ist die natürlichste Sache der Welt. Nein, sagen sie, es ging nicht darum, nicht allein zu sein oder um ein Abbild unserer Selbst. Es ging nicht um die Macht, ein Wesen zu erschaffen, über Leben zu bestimmen oder jemanden zu formen. Es ging auch nicht darum, aus dem Beruf auszusteigen oder die Beziehung zu kitten, im Alter jemanden zu haben, auch nicht darum, etwas zu hinterlassen oder dem Leben einen Sinn zu geben. Du kannst lange danach suchen, aber es gibt keinen Grund. Wir wollten diese Erfahrung machen. Wir waren dazu bereit.

Mein Bauch ist zu einem Vergnügungspark geworden. Jeden Tag lässt du dir etwas Neues einfallen. Einmal liest du was vor, dann spielst du Musik, einmal singst du, dann leuchtest du im Dunkeln mit der Taschenlampe in den Bauch. Du hast gelesen, dass man Kontakt aufnehmen soll und das Kind auf Musik, Stimmen und Licht reagiert. Dass es nach der Geburt die Stimme des Vaters unter vielen anderen erkennen kann. Du legst dein Ohr auf meinen Bauch und sagst: Hallo, wo bist du?

Es kann dich nicht hören!

Wart ab.

Hallo? Hallo, bist du wach?

Es bewegt sich, ich spüre es, da, sage ich und zeige dir die Stelle.

Du tastest von einem Punkt zum nächsten. Es folgt dir.

Ich glaube, ich spüre die Hand, sagst du.

Das kann nicht sein.

Doch, greif selbst.

Das ist doch der Fuß.

Es kann jetzt schon eine Faust machen, sagst du, es kann die Zehen halten, die Augen öffnen und zwischen hell und dunkel unterscheiden. Schau mal!

Du fährst mit der Taschenlampe meinen Bauch entlang. Es bewegt sich wieder.

Du sagst, das Baby wird jetzt empfindlicher, es fühlt alles mit. Wenn du glücklich bist, wenn du Stress hast. Du solltest glücklich sein, mach dir nicht immer so viele Sorgen, flüsterst du in mein Ohr und fährst mit der Zunge meinen Körper entlang, verschwindest unter meinem Bauch. Mal sehen, wie es darauf reagiert.

Meine Stelle wird nicht nachbesetzt, meine Projekte nur intern verteilt. Eine Kollegin erweitert von Teilzeit auf Vollzeit. Andere übernehmen die offenen Projekte, obwohl sie schon genug zu tun hätten. Hocherfreut präsentieren sie mir ihre Lösung. Die Stelle wird einfach geschluckt. Ich freue mich mit ihnen, es ist eine gute Lösung für alle, aber wenn eine Stelle geschluckt wird, wird sie auch wieder ausgespuckt? Ist doch egal, sage ich mir, du wolltest ohnehin eine Veränderung, wer weiß, wann du zurückkommst, wie viele Stunden du arbeiten kannst. Wir reden über Zeitpläne, über die komplizierten und einfachen Kunden. Mit jedem Tag rückt der letzte Tag näher. Mit jedem Tag fühle ich mich nutzloser und wie ein Gast im eigenen Büro. Bald werde ich zu Hause sitzen und auf die Geburt warten. Sandra schreibt mir aus Hamburg: Mal nicht gleich den Teufel an die Wand, die Zeit wird so schnell vergehen. Genieß es doch einfach. Also stelle ich mir vor: Ich sitze zu Hause, in diesem leeren Haus. Die Wände sind nackt, es hallt durch die Räume. Ich warte auf dich. Du kommst spät von der Arbeit nach Hause. Du gibst mir einen Kuss: Was hast du den ganzen Tag gemacht? Ich stelle mir vor: Ich richte unsere Wohnung ein. Hänge Bilder auf. Sortiere unsere Bücher. Streiche das Kinderzimmer. Ich pflanze Blumen und sitze im Garten. Ich habe wieder Zeit zu malen. Ein Buch zu lesen. Im Bett zu liegen, wenn mir danach ist. Das sind doch die Dinge, die man macht. Doch das einzige Gefühl, das sich in mir ausbreitet, ist eine Leere, ein schwarzes Loch, das mich immer weiter nach unten zieht. Im Büro geht alles weiter, als hätte ich nie existiert. Im Haus habe ich nichts zu sagen, weil ich mich ausgeklinkt habe. Und um mich herum wuseln überall diese Mütter, deren einziger Lebensinhalt ihre Kinder sind. Mein einziger Stolz sind die Kinder, sagen sie. Oder: Die Kinder sind mein Ein und Alles. Oder: Meine Kinder schaffen das, was ich nie erreicht habe.

Wir stehen im Kreis. Der Tisch ist voller Geschenke, bunte Luftballons drängen sich an die Decke. Wir essen Brötchen und trinken Orangensaft aus Sektgläsern. Wir feiern meinen letzten Arbeitstag, als wäre es wirklich was Schönes, den ganzen Tag zu Hause zu sitzen, während alle anderen arbeiten. Habt ihr schon ein Kinderzimmer, fragen sie. Hast du Angst vor der Geburt? Wann wirst du wiederkommen? Wir freuen uns so für dich. Das erste Agenturbaby!

Meine Mundwinkel schmerzen schon vom vielen Lächeln. Die Tritte in meinem Bauch werden stärker, ich kann fast nicht mehr atmen vor Schmerz. Aber ich strecke den Rücken durch und halte mich aufrecht. Ich esse meine Brötchen und trinke meinen Saft. Wollt ihr mal anfassen, sage ich. Gerade tritt es, jetzt könnt ihr es spüren. Sie strecken ihre Hände aus, und ich gehe reihum, damit sich jeder davon überzeugen kann. Da ist was drin. Es ist ein Kind.

Wir sagen, wir haben alles erreicht, was wir uns gewünscht haben. Was ist schon Madrid oder Hamburg, was ist schon eine Ausstellung, was macht man schon auf Reisen, was sind schon andere Wege, das sind doch Hirngespinste, kleine Wünsche, die nicht den Ausschlag geben.

Luftschlösser am Ende. Leben, die man nicht führen möchte. Naive Ideen, die jeder hat und die nichts Besonderes sind. Wünscht sich nicht jeder, irgendwo anders zu leben, in einer Stadt oder am Meer. Wünscht sich nicht jeder, etwas zu schaffen, eine Ausstellung, einen Film, eine Platte. Am Ende ist es nur der Wunsch, etwas zu hinterlassen. Die größte Hinterlassenschaft ist jetzt unser Kind. Es wird so aussehen wie wir. Es wird sich an uns erinnern. Und dann unsere Enkelkinder und so weiter. Das wiegt noch viel mehr. Ein Jahrhundert werden wir weiterleben, meine Bilder hätten sich bis dahin schon zersetzt. Wir sagen, es gibt so viele Dinge, auf die wir zurückschauen werden. So vieles, auf das wir stolz sein können. Vieles ist für dich: dein Job, dein Haus, dein Kind. Vieles ist: einen Kredit zu bezahlen. Aus etwas Altem etwas Neues zu machen. Kleines in Großes umzuwandeln. Etwas ist vieles, und vieles ist alles. Du bist stolz, und ich muss es auch sein. Das Luftschloss hat sich materialisiert. Es ist aus Stein, und man kann hineingehen. Du sagst, siehst du nicht, was du für ein schönes Leben hast. Siehst du nicht, wie gut es dir geht. Sieh es dir an, unser Schloss. Wie stabil es ist.

Wir liegen im Bett. Körper an Körper. Es sind die letzten Nächte in meiner Wohnung. Du umarmst mich von hinten und drückst mich fest an dich. Du küsst meinen Nacken, stützt dein Kinn auf meine Schulter.

Alle meine Wünsche sind jetzt in Erfüllung gegangen, sagst du. Ich kann es kaum erwarten, bis wir einziehen.

Jetzt sind es ja nur mehr ein paar Tage, sage ich.

Du weißt ja nicht, wie sehr ich dich liebe.

Doch, sage ich, das weiß ich.

Als du eingeschlafen bist, wird dein Körper schwer. Dein Kopf liegt wie ein Stein auf meiner Schulter. Dein Arm drückt gegen meinen Bauch. Deine Knochen bohren sich in mein Bein. Ich nehme deinen Arm, so schwer wie ein Holzbrett, lege ihn beiseite wie einen Gegenstand. Ich rutsche zur Seite, weiter an den Bettrand, so weit, bis ich deinen Atem nicht mehr spüre. Dann erst legt sich die Nacht über mich.

Im Traum sind wir auf einem Schiff. Das Ufer ist kilometerweit entfernt. Du sitzt am Steuer. Ich hinter dir. Der Wind wird stärker. Das Schiff schaukelt. Wir fliegen über die Wellen und schlagen auf der Meeresfläche auf. Das Wasser schäumt unter uns. Es ist hart wie Stein. Ich habe Angst, das Schiff könnte beim nächsten Aufschlag zerspringen, aber nach jedem Aufschlag geht es weiter. Der Wind wird stärker. Die Wellen werden höher. Du kannst das Steuer nicht mehr halten. Vor mir sehe ich das Meer. Es ist überall.

Als ich aufwache, liegst du seelenruhig neben mir. Auf deinem Gesicht ein zufriedener Ausdruck, als würdest du etwas Schönes träumen.

Ich schlichte meine Dinge in Kisten, nur die wichtigsten nehme ich mit: Bücher. Kleider. Pinsel. Farben. Ich schlichte sie in zwei Lagen. Die schweren Bücher bis zur

Hälfte, die leichten Kleider nach oben. Den Rest werfe ich weg. Ballast loswerden, sagtest du. Also zerreiße ich alte Bilder, die mir jetzt nichts mehr bedeuten. Werfe Kleider weg, die ich vor Jahrzehnten getragen habe. Alles werfe ich in einen großen schwarzen Sack. Alte Schulsachen. Mathematikhefte, Zeichenbücher, Notizhefte. Alte Zeitungen, Comichefte, CDs, die ich als Jugendliche gehört habe. Bücher, die ich bereits gelesen habe: Kafka, Duras, Dostojewski. Meine Sammlung von Zigarettenschachteln, Briefmarken, Knöpfen und Glasmurmeln. Je weiter ich in meinen Kästen und Schubladen grabe, desto älter werden die Gegenstände. Ich finde alte Puppen und Kuscheltiere. Sie riechen nach Kindheit, nach Moder und Plastik. Ein brauner Plüschbär, halb so groß wie ich. Er war einmal größer als ich, jetzt fehlt ihm ein Auge, und sein Fell ist verfilzt und staubig. In einer der letzten Schubladen tauchen alte Fotoalben und lose Fotos auf. Ich als Neugeborene. Wie ich eingewickelt in Tüchern zwischen anderen Babys liege. Meine Mutter, die mich in einer Plastikschüssel badet und in die Kamera lächelt. Ich, auf meinem ersten Fahrrad, zum ersten Mal am Strand, in meinem ersten Faschingskostüm, am ersten Tag im Kindergarten. Wie ich das erste Mal Ski fahre. Wie ich weinend im Schnee liege. Wie ich auf den kräftigen Schultern meines Vaters stehe. Wie ich auf seinem Schoß sitze. Ich halte das Lenkrad und trage seine Sonnenbrille, die mir von der Nase rutscht. Er hat lange Haare und einen Schnurrbart. Ein Foto hatte ich vergessen. Ich mit meiner

Mutter auf einer Schaukel. Abwechselnd schaukeln wir durch die Luft. Meine Mutter ist barfuß und trägt ein langes rotes Kleid. Ihre Locken wehen im Wind, ein strahlendes Lächeln. Sie sieht so unbeschwert und glücklich aus. In unseren Haaren stecken frisch gepflückte Blumen. Ich sehe noch meinen Vater, wie er vor uns steht, wie er seine Zunge rausstreckt beim Fotografieren. Höher, ruft er, höher.

Die Fotos liegen vor mir. Wie ein Mosaik meiner Kindheit. Ich versuche, die Bilder in meine Erinnerung einzufügen. Ich kann Mutters Lachen hören. Spüre ihren Händedruck, die Schultern meines Vaters unter mir. Ein Luftballon, der mir aus der Hand gleitet. Ein Sturz mit dem Fahrrad. Eine Umarmung. Ein Kuss auf die Nase. Ein Schlag auf meinen Kopf. Das Kratzen der Barthaare. Seine große Hand, in der meine verschwindet. Eine geschlossene Schlafzimmertür. Schlagende Türen. Scherben auf dem Küchenboden. Ein Schluchzen. Ihre Tränen auf meinen Fingern. Ein kaputtes Telefon. Der Klang ihres Klaviers. Wie sie spielt und singt. Eine leere Wohnung. Wie ich warte. Ein Bild legt sich über das andere. Durch die Schlafzimmertür schwingt eine leere Schaukel. Das Gesicht meines Vaters verschwimmt mit dem meiner Mutter. Die Adern pochen auf seiner Stirn. Silhouetten eines Kinderlebens. Ich sehe meinen Vater wie eine fremde Gestalt vor mir. Immer, wenn ich ihn berühre, löst er sich auf wie ein Geist. In allen Erinnerungen ist er im Hintergrund oder abwesend. Nur in wenigen Bildern ist er real. Sein Gesicht. Seine dunklen Augen. Wie er den Kopf senkt. Wie ich ihn anschreie. Wie er mich ansieht, verzweifelt und traurig. Wie er stottert und keinen Ton mehr herausbringt. Weint er? Ich weiß nicht, ob ich ihn jemals habe weinen sehen.

Ich sitze mit Marlene in der leeren Wohnung. Wir sitzen auf dem Boden zwischen Kisten und Säcken und trinken Prosecco. Ich einen kleinen Schluck mit viel Orangensaft, Marlene die restliche Flasche.

Das war's dann, sage ich.

Ein neuer Abschnitt beginnt, sagt Marlene.

Wir stoßen mit unseren Gläsern an.

Auf dich, sagt Marlene.

Auf uns, sage ich.

Irgendwie beneide ich dich.

Warum?

Ich bin bald sechsunddreißig, aber ein Kind kann ich mir noch immer nicht vorstellen.

Ich doch auch nicht, sage ich.

Marlene lacht: Du bist aber schon mittendrin.

Ich stelle mir vor: Du stehst mit Blumen an meinem Krankenbett. Mit dem Kind im Arm kehren wir nach Hause zurück. Ich stelle mir vor: Nach der Geburt gehe ich über die Gänge der Geburtsstation. Es ist Nacht. Niemand hält mich auf, als ich verschwinde. Ich stelle mir vor: Das Kind hat zwei Köpfe und einen langen Hals. Es hat vier Hände und drei Beine. Ein Kopf sieht aus wie deiner, der andere wie meiner. Es ist wunderschön, sage ich.

Ich stelle mir vor: Die Ärzte ziehen ein dunkelblaues Kind aus mir heraus. Sie packen es an den Füßen und schlagen auf seinen Hintern. Es schreit nicht. Ich stelle mir vor: Du sitzt mit dem Kind im Garten. Ihr seid eine glückliche Familie. Eine Frau kommt auf euch zu. Sie sieht ein wenig aus wie ich. Nur wenn sie lacht, strahlt sie wie du. Ich stelle mir vor: Ich lebe in Madrid. Niemand weiß, woher ich komme. Niemand, wo ich bin. Ich sitze auf dem Balkon und schaue auf die Plaza, beobachte die Menschen, die lachen und tanzen. Ich laufe auf die Straße. Auch ich beginne zu tanzen. Ich trage ein langes rotes Kleid.

Ich gehe aus dem Haus. Die Straße entlang. Du bist in der Arbeit, wie alle anderen auch. Es ist nicht weit, ein paar Straßen entfernt. Ich warte, bis jemand aus dem Haus kommt, und schleiche mich ins Treppenhaus. Ich gehe langsam nach oben. Das Treppensteigen fällt mir schwer. Als ich die Wohnungstür erreiche, bin ich ganz außer Atem. Ich bleibe stehen und warte, halte mein Ohr gegen die Tür. Nichts ist zu hören. Niemand zu Hause. Dann höre ich doch etwas. Einen Fernseher. Also doch. Ich klopfe leise. Niemand öffnet. Dann läute ich an. Der Boden knarrt unter den Schritten. Jemand schaut durch den Spion. Ein Schlüssel. Die Tür geht auf. Ich gehe hinein, ziehe meinen Mantel, meine Schuhe aus und lege mich in sein Bett.

Die Zeit steht still. Das Licht von der Dunkelheit verschluckt. Jemand hält meinen Kopf. Ein Körper legt sich über mich. Eine Stimme spricht zu mir. Eine Hand hält mich fest. Mein Körper fühlt sich leicht an, als würde ich schweben. Ich bewege mich langsam nach oben. Es ist Nacht, und die Sterne kreisen um mich wie kleine Leuchtkäfer. Ich drehe mich, bis mir schwindlig wird. Andi? Es ist stickig. Ein fremder Geruch in meiner Nase. Fremde Lippen, die über meine Haut wandern. Ein fremder Blick. Erdige Augen, die mich ansehen, das Universum gesprenkelt und die Pupillen wie kleine Planeten. Ein müdes Lächeln. Die Haut fühlt sich kalt an. Ich taste über den Körper. Keine Stelle kommt mir bekannt vor.

Ich wache vom Regen auf, der leise gegen das Dach trommelt und stärker wird, gegen das Dach hämmert. Unser Atem füllt den Raum aus, im Takt mit dem Regen. Ich betrachte das Zimmer. Es ist klein und karg. Ein Bild von mir hängt an der Wand. Ich habe es auf seinen Tisch gelegt, als ich das letzte Mal hier war. Eine Frau steht vor dem Meer. Weit draußen bäumt sich eine Welle auf, die immer näher kommt. Ich ziehe seinen Pullover an, der über der Stuhllehne hängt, nehme meine Schuhe in die

Hand und gehe leise zur Tür. Als ich die Türklinke nach unten drücke, höre ich eine leise Stimme aus dem Zimmer: Warum gehst du?

Bald können wir einziehen. In der Wohnung fügt sich langsam alles zusammen. Mit jeder Leiste grenzen wir unser Leben ein, mit jeder Steckdose versichern wir uns einander. Mit jeder Stromleitung legen wir uns fest. Das Kinderzimmer ist unsere Zukunft. Unheimlich ist es und kalt. Bunt gestreifte Vorhänge vor den Fenstern. Deine alte Wiege aus dunklem Holz in der Mitte. Ein paar Kinderbücher und vereinzelte Kuscheltiere stehen auf den Regalen. Wir haben das schönste Kinderzimmer im Möbelhaus genommen, mit einem Stockbett, einer Kletterwand und einer Rutsche. Genau so ein Zimmer habe ich mir als Kind immer gewünscht. Ich schalte die Lampe ein. Kleine Halbmonde und Sterne leuchten an die Decke. Sie kreisen über mir. Manche Sterne sind klein wie Punkte. Manche riesengroß und verzerrt. Unser Kind sitzt oben auf dem Stockbett und ruft nach mir. Komm zu mir, sagt es, erzähl mir eine Geschichte. Ich sage, ich weiß keine Geschichte, schlaf ein. Es lässt seine Beine vom Bett baumeln. Ich will aber eine Geschichte. Mama, Mama, Mama, Mama. Lies mir was vor. Alles drückt in meinem Bauch, als würde es sich gegen meine Eingeweide stemmen. Etwas schnürt mir den Hals zu, und mir wird schwarz vor Augen. Ich setze mich auf die Rutsche. Mama, wo bleibst du denn? Nur fünf Minuten, sage ich. Ich schließe meine

Augen und lehne mich zurück. Mir ist so kalt und keine Decke im Zimmer. Mama, lies mir was vor. Mama, Mama, Mama. Hör auf, sage ich. Mama, komm endlich. Halt deine Klappe, sage ich, hast du gehört? Mama, Mama, Mama. Sei endlich still, lass mich endlich in Ruhe.

Im Traum steht mein Vater mit einer Pistole hinter mir. Ich soll mich zwischen Kopf- und Mundschuss entscheiden. Ich kann mich nicht entscheiden. Er trifft mich am Hinterkopf. Ich spüre keinen Schmerz, nur ein leichtes Kribbeln. Ich fasse an meinen Kopf und ertaste die Kugel. Eine Kruste hat sich gebildet. Ich wundere mich, dass ich lebe. Mein Vater ist verschwunden. Ich wähle den Notruf. Es ist besetzt. Ich wähle die Nummer noch einmal. Immer noch besetzt.

8

Ich wache auf. Neben mir ein Apparat, der meine Herzfrequenz misst. Kleine Schläuche, die an meinem Arm befestigt sind. Drei Betten stehen im Raum, auf denen Frauen mit oder ohne Kind liegen. Auf dem Nachttisch Blumen. Du sitzt neben mir auf dem Stuhl und hältst meine Hand. Die Sorgen stehen dir ins Gesicht geschrieben.

Wir haben uns solche Sorgen gemacht, sagst du.

Alles ist gut, ich hab mich nur kurz ausgeruht.

Die Ärztin kommt ins Zimmer, nimmt meine Akte heraus, kontrolliert meine Werte.

Dem Kind geht es gut, sagt sie, es drückt auf die untere Hohlvene und beeinträchtigt den Blutfluss zum Herzen. Das kommt häufig vor, kein Grund zur Beunruhigung. Sie müssen auf Ihre Ernährung achten und ausreichend Flüssigkeit zu sich nehmen. Überanstrengen Sie sich nicht, ruhen Sie sich aus, Sie sind im letzten Trimester.

Tagelang liege ich im Bett, während du arbeitest und unseren Umzug vorbereitest. Ich ruhe mich aus, achte darauf, dass ich immer seitlich liege. Sobald ich mich auf den Rücken lege, wird mir schwindlig. Ich schlafe, lese oder liege vor dem Fernseher und schaue den ganzen Tag Nachrichten, die jede Stunde wiederholt werden. Manchmal kommen neue Informationen dazu. Die Nachrichtensprecher schauen ernst in die Kamera und sprechen alle Ereignisse im selben Tonfall. Sie sprechen von verlorenen Fußballspielen. Dem Tod einer Flamingozucht. Von einem drohenden Nuklearkrieg. Von Weltuntergängen und steigender Arbeitslosigkeit. Von einem neuen Nationalismus und der Sehnsucht nach einem starken Mann. Von Staatsbesuchen und Finanzprozessen. Vom Bienensterben und von Obergrenzen. Von Raketentests und Abwehrsystemen. Von Generalstreiks und Politikerbilanzen. Siedlungen im Weltall und steigenden Sicherheitsmaßnahmen. Einem neuen Musical, von Live-Morden und Chemiewaffenangriffen. Inhaftierten Journalisten und neuen Exoplaneten. Bürgerkriegen, Klimawandel, Terroranschlägen. Von Amokläufen und neuen Riesenspinnen mit einer Beinspannweite von dreiundzwanzig Zentimetern. Von Bürgerwehren und Bürgermut. Von sterbenden Sprachen, von anhaltendem Niederschlag und von Windböen bis zu sechzig Kilometer pro Stunde.

Der Nebel legt sich über die Berge, die Wolken hängen dunkel und schwer am Himmel. Es regnet ununterbrochen. Ich sehe dabei zu, wie Kiste um Kiste aus meiner Wohnung verschwindet. Die Regale sind leer, die Wände nackt. Nur Dreck und Staub liegen auf dem Boden. An den Wänden die Umrisse der Bilder, Löcher, Verputz, der abbröckelt. Ich erinnere mich an den ersten Tag in der Wohnung. In den ersten Nächten kein Strom und kein Wasser. Wie leicht ich mich fühlte, wie befreit. Endlich weg von meinem Vater. Den Boden und die Fliesen verlegte ich selbst, und die Wände malte ich aus, die Möbel baute ich zusammen, und die Regale montierte ich. Stück für Stück setzte sich aus den Gegenständen ein neues Zuhause zusammen. Stück für Stück verschwand die Vergangenheit aus meinem Leben. Erst jetzt taucht sie unter all diesen Schichten wieder auf. Ich suche nach den Spuren der letzten zwanzig Jahre, aber was kann man schon ablesen an den Rissen und Verfärbungen der Wände. Hier hätte jeder wohnen können. Ich schließe die Tür ein letztes Mal. Du wartest schon im LKW auf mich.

Hast du alles?

Unser Haus liegt am Waldrand. Vom Ortszentrum fährt man Serpentinen entlang, bis man eine kleine Siedlung erreicht. Die Berge umschließen das Tal und rücken näher, je weiter man hinauffährt. Die Felsvorsprünge ragen über die Straße und sind mit Stahlnetzen gesichert. Immer wieder einmal löst sich ein Fels und hinterlässt kleine Steine, die durch das Netz gefallen sind. In der Dämmerung überqueren Rehe und Hirsche die Straße. Man muss langsam fahren und vorsichtig sein. Hinter dem Haus ragt eine Felswand steil nach oben. Vor Jahren hat ein Murgang die Wälder gerodet. Eine braune Geröllfläche ist zurückgeblieben. Nur wenige Meter hinter dem Haus führt ein kleiner Weg durch einen dichten Wald aus Nadelbäumen und Moos hinauf. Entlang der Straße stehen noch sechs andere Häuser. Alle sehen gleich aus. Die Fassade weiß, ein dreieckiges rotes Ziegeldach und ein paar kleine Fenster mit Holzjalousien. Jedes Grundstück ist mit einem Holzzaun abgegrenzt. Dicht an dicht gepflanzte Thujen versperren die Sicht in die Gärten. Auf der Straße hört man Stimmen, das Aufprallen der Bälle, wenn die Kinder im Hof spielen, mittags die Geräusche der Küchengeräte und das Klirren des Geschirrs, wenn die Fenster offen stehen. Man grüßt sich, wenn man sich auf der Straße begegnet, und es gehört sich, ein paar Worte miteinander zu wechseln.

Du stellst die letzten Sachen ab und schließt die Tür hinter uns. Überall stehen Kisten und Holzbretter und Möbel. Wir können uns kaum bewegen. Du holst ein Bier aus dem Keller und eine Limonade für mich. Du setzt dich auf eine Kiste und atmest erleichtert auf.

Geschafft, sagst du, lassen wir es gut sein für heute. Das mach ich alles am Wochenende mit meinem Vater.

Ich schalte das Radio ein und setze mich zu dir.

Das geht schneller, als du glaubst, du brauchst gar nicht so schauen.

Ich sag doch gar nichts, ich bin ja nur müde.

Du stellst dein Bier ab, stehst auf, drehst die Musik lauter. Die Stimme von Lenny Kravitz hallt durch unsere Wohnung.

Komm, sagst du, tanz mit mir.

Du legst deine Arme um meinen Hals. Mein Bauch ist jetzt so groß, dass ich mich zur Seite drehen muss.

Es ist schön hier, sage ich.

Ich weiß.

Die erste Nacht verbringen wir auf der Matratze am Boden. Der Wind stößt durch das Fenster. Du bist müde vom Umzug und schläfst schon nach wenigen Minuten ein, während ich wach liege. Das Mondlicht scheint durch das Fenster. Im Zimmer riecht es fremd, nach neuen Holzböden und Plastik. Ich stehe auf, öffne leise die Tür zur Terrasse. Der Mond taucht die Landschaft in ein unheimliches Licht. Die Berge ragen steil und bedrohlich über mir auf. Der Regen ist fast nicht zu hören. Vor Millionen von Jahren stand hier alles unter Wasser, und die Berge waren riesige Korallenriffe. Im Gebirge finden sich immer noch Muscheln und Ammoniten aus Stein. Eine Wolke schiebt sich über den Mond. Für einen kurzen Moment ist alles schwarz.

Der Umbau ist fast abgeschlossen, nur das Dachgeschoss dauert noch ein paar Monate. Der Boden ist verlegt, die meisten Möbel sind schon da. Ein paar Schränke fehlen noch, ein paar Teile der Küche. Es ist fast so, wie du es dir vorgestellt hast. Es gab ein paar Probleme mit der Küche und mit dem Fußboden, aber das muss man in Kauf nehmen. Meine Stimme hallt durch die Räume. Der Geruch von Kalk und Lack, von neuen Möbeln und Holz durchdringt alles und lässt mich kaum atmen. Die Wohnung ist eine Wohnung, die man so einrichtet wie aus dem Katalog, nur das orange Sofa passt nicht dazu. Alles glänzt. Der Boden, die Türgriffe. Alles ist perfekt. Ich stehe in unserem Wohnzimmer. Unser Esstisch: tausend Euro. Das Sofa: zweitausend Euro. Der Boden: fünftausend Euro. Das Tulpenbild: zweihundert Euro. Der Teppich deiner Mutter. Alles ist schön und modern. Alles ist teuer. Aber wo sind wir? Wo haben wir uns versteckt?

Wie sieht wohl die Wohnung meiner Mutter aus. Hängen Bilder darin? Sie ist wie eine Schablone. Ich stelle sie vor ein Haus oder einen Garten. Immer sieht sie starr aus und leblos, mit einem seltsamen Ausdruck im Gesicht. Ich kann mir nicht mehr vorstellen, wie sie sich bewegt, wie sie lacht oder redet. Die Erinnerung ist vollkommen verblasst. Sie soll irgendwo in einer Siedlung wohnen, in einer kleinen Wohnung, wieder in einem Gasthaus arbeiten, keine neuen Kinder, aber ein Lebensgefährte, fünfhundert Kilometer von hier.

Ein LKW bringt die letzten Möbel zu uns. Du kniest im Schlafzimmer und montierst unseren Schrank. Im Wohnzimmer liegen Kartons und Styroporplatten. Ich höre das helle Surren des Bohrers, etwas fällt auf den Boden, dann höre ich dich fluchen. Ich gehe ins Schlafzimmer.

Kann ich dir helfen?

Nein, sagst du, leg dich hin, ich mach schon.

Ich halte das Brett, dann tust du dich leichter. Ich hebe das Brett auf und stelle es vor dich hin.

Lass doch, sagst du, ich hab mein System. Du bringst alles durcheinander.

Jetzt, wo ich hier lebe, bin ich Teil einer Gemeinschaft. Sie begutachten uns, beobachten, wie wir leben, studieren unseren Tagesrhythmus. Man muss sich erst aufeinander einstellen. Zum Einzug haben sie uns Geschenke und Kuchen gebracht, damit wir sie in die Wohnung einladen und sie alles mit eigenen Augen sehen können. Sie sind neugierig, sagst du, das legt sich wieder. Wenn ich das Haus verlasse, sind immer ein paar Augen auf mich gerichtet. Jetzt ist immer jemand hier. Unten deine Eltern, draußen unsere Nachbarn. Ruf einfach runter, sagt deine Mutter, ich bin da, wenn etwas ist.

Wir machen eine Einweihungsfeier. Unsere Freunde stehen mit Sektgläsern in der Hand in der Wohnung und begutachten die Möbel, die Böden, die Fenster. Du gehst mit ein paar Männern hinauf zur Baustelle, während ich den anderen die Wohnung zeige. Das ist unser Schlafzimmer, sage ich. Das ist unser Wohnzimmer. Das unser Kinderzimmer. Hier unsere Terrasse. Marlene ist ganz begeistert. So ein Kinderzimmer wollte ich auch immer haben, sagt sie.

Es ist so schön, sagt Anna, warum seid ihr nicht schon früher eingezogen.

Vor meinem Gemälde bleiben sie stehen. Die Wellen schimmern in allen Blautönen, die Gischt glänzt im Licht. Die Flut wird höher mit den Tagen.

Ist das von dir, fragt Anna, ich wusste nicht, dass du malst.

Ich stehe mit Alex auf der Terrasse. Von drinnen hören wir die Stimmen der anderen. Sie raucht zwei Zigaretten hintereinander, dazwischen trinkt sie ihr Glas in einem Zug leer. Ihre Stimme ist schon etwas belegt.

Das tut so gut, einmal rauszukommen. Es ist wirklich schön bei euch.

Kommst du denn sonst nie weg?

Ach, reden wir nicht darüber.

Fehlt dir deine Arbeit?

Alex sieht mich eindringlich an. Ihr Gesicht ist ganz blass geworden, die Mundwinkel nach unten gekippt, die Augen matt und leer. Was glaubst du denn?

Ich wende meinen Blick von ihr ab und schaue auf unseren Garten. In der Ecke steht jetzt eine Sandkiste. Wenn das Kind größer ist, wirst du dort noch eine Schaukel und eine Rutschbahn hinbauen.

Es gibt Tage, da ist es richtig schlimm.

Du kannst ja bald wieder anfangen.

Meinen Job werde ich aber nicht zurückbekommen. Ich hab immer Vollzeit gearbeitet, hatte eine leitende Position, war wirklich gut, in dem, was ich gemacht habe. Vielleicht wäre ich bald befördert worden. Aber jetzt … Vielleicht kann ich für zehn Stunden zurückkommen. Irgendwas machen. Sie werden schon was finden.

Kann nicht Paul mal ein Jahr Elternzeit nehmen?

Wir haben schon darüber geredet. Er kann nicht so lange wegbleiben, die Stelle würde er nicht mehr zurückkriegen. Er hat keinen Schulabschluss, so einen Job bekommt er nie wieder. Manchmal frage ich mich, warum ich das alles hier mache.

Wart einmal ab, was die nächsten Jahre bringen, sage ich, mir ist kalt, lass uns reingehen.

Vormittags klopft deine Mutter an die Tür. Willst du zum Mittagessen kommen? Dein Vater kommt dann für eine Stunde nach Hause. Sobald die Tür aufgeht, schöpft sie das Essen auf die Teller, und spätestens wenn er die Schuhe ausgezogen hat, steht es dampfend auf dem Tisch. Wenn ich ihr helfen will, sagt sie, nein, ich mach schon. Wenn dein Vater was holen will, sagt sie, nein, ich geh schon. Also sitzen wir am Tisch, während sie serviert und trinken Kaffee, während sie abräumt und abspült.

Du musst dich schonen, sagt deine Mutter, du kannst nicht die ganze Zeit herumlaufen. Du und dein Schwiegervater könnt euch die Hand geben, er hört auch nie auf seine Ärzte.

Lass sie doch, sagt dein Vater, das wird sie schon selbst wissen.

In der Schwangerschaft sollte man wirklich nichts auf die leichte Schulter nehmen.

Das Ortszentrum ist vielleicht zehn Fahrminuten entfernt. Dort gibt es eine Bäckerei, einen Supermarkt und ein Gasthaus, in dem die alten Männer der Umgebung sitzen. Sie trinken Rotwein aus kleinen Gläsern und spielen Karten. Unter der Woche sitzen die Pensionisten an den Tischen, am Wochenende gesellen sich auch die jungen Familienväter dazu. Bis zum Mittagessen, dann kehren sie zu ihren Frauen und Kindern zurück. Im Gasthaus wird über Politik gesprochen, obwohl man nicht, vor allem nicht am Tisch, über Politik und Religion spricht. Sie sagen dann, dass die Politik nichts zustande bringt und dass man endlich einen Riegel vorschieben muss. Wo kommen wir hin, wir müssen auf uns schauen, sagen sie dann. Das Uns ist überhaupt sehr wichtig hier. Das Uns ist zum Beispiel eine kleine Einheit. Du und ich sind so ein Uns. Oder du und ich und unser Kind. Oder du und ich, unser Kind und deine Eltern. Zuerst müssen wir auf uns schauen, dann auf deine Eltern, dann auf die anderen. Das Uns ist nämlich auch eine Straße oder eine Siedlung, etwa die sechs Häuser, die sich gemeinsam gegen Veränderungen im Dorf behaupten müssen. Wenn die Telefonleitungen getauscht werden, wenn die Straßen asphaltiert werden. Dann ist das Uns auch noch die Dorfgemeinschaft, das Tal, die Region, die Sprachzugehörigkeit, das Land. Das Uns kann alles und nichts sein.

Wenn du mit deinem Vater vom Gasthaus zurückkommst, bist du wie verändert. Dann sagst du auch so Dinge wie: So kann es nicht mehr weitergehen. Wie sollen wir hier unser Kind großziehen. Oder: Man muss was dagegen tun. Du redest von einem Riegel, den man vorschieben muss, und von irgendwelchen Booten, die voll sind, von Arbeitsplätzen, die genommen werden, von Sozialwohnungen, die vereinnahmt werden, und von Männern, die nicht ihren Mann stehen, ihre Familien im Stich lassen, als würdest du irgendetwas davon wissen. Dieser Ort verändert dich. Von Tag zu Tag wirst du mehr wie die anderen, plapperst nach, was andere sagen. Du übernimmst nicht nur die Wörter, die sie verwenden, sondern auch die Gesten und den Tonfall, und dann sagst du, dass man nicht blauäugig sein darf, vor allem jetzt mit Familie, dass wir jetzt etwas beschützen müssen: 1 Haus, 2 Autos, 1 Kind.

Mein Bauch wächst so schnell, fast kann ich ihm beim Wachsen zusehen. Ein riesiger Ball, den ich mit mir herumschleppe. Ich versuche, mir die Schuhe zuzubinden, der Bauch ist im Weg. Die Jacke ist zu klein. Der Pullover ist zu kurz. Die Jeans zu eng. Die Schuhe drücken. Das Treppensteigen fällt mir schwer. Beim Stehen bekomme ich Rückenschmerzen. Beim Schlafen drückt der Bauch. Meine Füße und Hände sind geschwollen. Noch immer liegen sechs Wochen vor mir. Wenn es jetzt auf die Welt kommt, kann es schon überleben. Die Bewegungen sind weniger geworden. Langsam wird es eng in meinem Bauch.

Seit ich zu Hause bin, treffe ich mich öfter mit Alex. Sie stellt mir andere Mütter vor. Wir sind jetzt eine Gruppe von Frauen, die vormittags im Café sitzen. Die anderen mit ihren Kinderwägen, ich mit meinem Bauch. Wir trinken Tee und reden über unsere Männer, die anderen über ihre Kinder. Sie besprechen die Kindernahrung und Stilleinlagen, erzählen mir von ihren Hebammen und ihren Kinderärzten. Ihre Stimmen überwerfen sich. Ihr Gelächter hallt durch das ganze Café. An den anderen Tischen sitzen andere Mütter, allein oder in Gruppen. Alte Frauen und Männer. Nur an der Theke wechseln die Leute, die ihren Espresso runterkippen und wieder zur Arbeit gehen.

Du jammerst aber auch ständig, sagt Alex, sei doch mal positiv, dann wird es leichter. Du hast ja nur mehr ein paar Wochen, kannst du dich nicht freuen? Denk doch an dein Kind, sagen die anderen, reiß dich zusammen. Das Kind spürt jede Stimmung, deinen ganzen Stress. Nach der Geburt wird sich alles ändern, du wirst sehen. Dann wirst du ganz anders denken.

Wir sitzen mit unseren Nachbarn im Garten. Zwei Paare, die auch kleine Kinder haben, die sie bei ihren Großeltern deponiert haben. Es ist kühl, aber am Nachmittag kann man schon wieder draußen sitzen. Du hast die Markise geöffnet, die uns vor dem Regen schützt. Wir essen von dem neuen Geschirr, trinken aus den neuen Gläsern. Sie erzählen von den anderen Nachbarn und senken ihre Stimmen. Von dem Alkoholiker zwei Häuser weiter. Von der Verrückten aus der nächsten Ortschaft. Du holst eine teure Flasche nach der anderen und hast schon blaue Lippen vom Wein. Die Stimmung hebt sich, je mehr Wein sie trinken. Wir lachen viel, bis sie auch über die Boote sprechen und Wörter in das Gespräch werfen, die sie aufgeschnappt haben. Alle sind sich furchtbar einig, aber sobald ich die Toten erwähne, verstummen sie. Über ihre Gesichter huscht ein betretener Ausdruck, ein kurzer Anflug von Grauen, gefolgt von einem Schweigen. Alle senken die Köpfe, alle hoffen darauf, dass das Gesprächsthema von allein wechselt, bis du dich räusperst und das Wetter ins Spiel bringst. So viel Regen hatten wir noch nie, sagst du, es hört ja nicht mehr auf. Und mit deinen Worten klaren auch die Gesichter wieder auf, die Erleichterung zeichnet sich an den Mundwinkeln ab.

Du arbeitest den ganzen Tag im Büro, während ich die Einkäufe erledige, die Wohnung einrichte, den Fußboden schrubbe, die Fenster putze. Kommst du abends nach Hause, steht das Essen schon auf dem Tisch. Sobald ich den Schlüssel im Schloss höre, mache ich mich daran, das Essen auf den Tellern anzurichten.

Wie war dein Tag, frage ich, während du die Schuhe ausziehst.

Dauernd Streitigkeiten auf der Baustelle. Ich bin von einem Termin zum nächsten gehetzt worden.

Du umarmst mich, gibst mir einen flüchtigen Kuss. Du fragst nicht, wie mein Tag war, wie es mir geht, weil du weißt, dass bei mir nichts passiert. Du erzählst von deinem Vorgesetzten, der täglich seine Meinung ändert, die Baupläne andauernd auf den Kopf stellt und damit die Kosten immer weiter nach oben treibt. Es ist nicht zum Aushalten, er ist absolut unfähig, warum leitet der überhaupt eine Firma. Wie immer bist du im Recht, und alle anderen sind im Unrecht, du bist der Fähigste, alle anderen sind die Unfähigsten, die Architekten, die Bauarbeiter, dein Vorgesetzter. Du steigerst dich immer weiter hinein, als würdest du noch auf der Baustelle stehen. Und während du weiter ins Detail gehst, was er gesagt hat, was du gesagt hast, und immer wieder dieselben Dinge wiederholst und noch ein Beispiel bringst, um zu beweisen, wie unfähig er ist, rufe ich die vergangenen Stunden des Tages ab: Wie ich im Supermarkt stehe und minutenlang überlege, welchen Reis ich kaufen soll. Wie ich die Wäsche sortiere, zuerst mache ich einen Haufen mit Buntwäsche, dann einen mit weißer Wäsche. Wie ich deine Socken, einen nach dem anderen, sorgsam aufhänge. Wie ich jedes Kleidungsstück ausschüttle, damit keine Falten bleiben. Wie ich das

Geschirr abwasche und in die Kästen einordne. Wie ich bei deiner Mutter in der Küche sitze und eine Tasse Tee trinke. Wie ich einem Stück Butter dabei zusehe, wie es in der Pfanne schmilzt. Wie alle anderen in ihren Büros sitzen, während ich zu Hause sitze. Wie ich auf die Uhr schaue und auf dich warte. Wie du sagst: Sei doch froh, ich würde sofort mit dir tauschen. Wie ich dir dabei zusehe, wie du ein Stück Fleisch nach dem anderen in deinem Mund verschwinden lässt. Und wie ich an all die Tage denke, die noch kommen werden, dieses Haus, deine Mutter und ich.

Leg dich doch hin, wer sagt, dass du einkaufen und den ganzen Tag putzen musst. Die Ärztin sagte, dass du dich schonen sollst. Lass dir von meiner Mutter helfen, du musst nicht alles selbst machen.

Ich sperre die Tür auf, sie ist bereits offen. Im Flur stehen ein Paar Schuhe und eine Einkaufstasche. Ich hänge meine Jacke auf. Aus dem Radio trällert Schlagermusik. Hallo, ruft jemand aus dem Bad. Es ist deine Mutter. Ein freundlicher Ton liegt in ihrer Stimme, vermischt mit einem Hauch Vorwurf. Da bist du ja endlich. Ich gehe ins Bad und halte mich am Türrahmen fest. Mir ist schwindlig, ich habe Kopfschmerzen und möchte mich hinlegen. Der Bauch hängt schwer an mir.

Was machst du?

Ordnung machen.

Sie kniet auf dem Boden. Neben ihr steht ein Eimer mit Wasser, an der Oberfläche schwimmen bunte Putzlappen.

Sie schrubbt mit Gewalt jeden noch so kleinen Fleck weg. Die Ärmel hochgekrempelt. Die Haare mit einer Klammer befestigt. Die Knöchel ihrer Finger sind ganz weiß, und auf ihrer Stirn haben sich Schweißperlen gebildet. Sie reibt so schnell, dass ich ihre Hände nur unscharf erkennen kann.

Du musst das nicht machen.

Ich hab doch gesagt, dass ich da bin, wenn ihr mich braucht.

Mir wird schwarz vor Augen. Ich gehe wieder, ohne etwas zu sagen. Ich höre, wie sie den Lappen in den Eimer taucht, das Wasser tropft auf den Boden, dann ein Schrubben, ein Atmen und Schnaufen. Niemand hat sie gebeten, hier zu putzen.

Ich drehe das Radio ab und lege mich auf das Sofa. Im Wohnzimmer liegen Stapel mit Kleidung. Sie hat unsere Wäsche gebügelt und gefaltet. Meine Füße sind schwer, und in meinem Kopf hämmert der Schmerz. Ich lasse kaltes Wasser über ein Tuch laufen und lege es auf meine Stirn. Kaum habe ich die Augen geschlossen, kommt sie ins Wohnzimmer. Mit ihren Fersen tritt sie so fest auf, dass die Gläser im Schrank klirren. Ist alles in Ordnung?, fragt sie. Ich beobachte sie dabei, wie sie die Pflanzen von den Fensterbrettern nimmt und auf den Boden stellt. Wie sie mit dem Staubwedel über das Fensterbrett fährt und mit einem nassen Lappen, den sie in den Eimer taucht, abwischt. Der Geruch von Essigreiniger breitet sich aus, der sich langsam mit ihrem süßen Parfum vermischt. Sie entstaubt die Blätter der Pflanzen, stellt die Töpfe wieder zurück, ordnet die Pflanzen nach den Farben der Töpfe. Die roten in eine Reihe, die blauen in eine andere. Den Staubwedel habe ich noch nie gesehen, und auch den Essigreiniger habe ich nicht gekauft. Sie hat ihre eigenen Putzmittel mitgebracht. Seit wir hier wohnen, hat deine Mutter viele Ideen für Veränderungen an mir. Du könntest dir eine neue Handtasche kaufen, sagt sie, schau, wie zerschlissen deine ist. Du könntest zum Frisör gehen, du hast ja überall Doppelspitzen. Meine Schuhe sind zu sportlich. Meine Ohrringe zu billig. Meine T-Shirts verzogen. Meine Geldtasche zu groß. Und jetzt sollte ich wohl auch die Wahl der Putzmittel überdenken.

Als sie wieder aus dem Zimmer geht, wirft sie mir einen Blick zu, in dem ein Du-könntest-auch-etwas-tun liegt. In meinem Bauch beginnt es zu ziehen und zu drücken. Der Schmerz in meinem Kopf wird wieder stärker. Verschwinde, möchte ich schreien. Verschwinde endlich und lass mich in Ruhe. Aber stattdessen sage ich: Den Fernseher hast du vergessen.

Nachts ist es still in unserer Wohnung. Nichts hört man von draußen. Keine Autos. Keine Stimmen. Nur dein Atem erfüllt den Raum, tief und gleichmäßig. Dein Körper hebt und senkt sich, während ich an die Decke starre, die immer näher rückt. Die Luft wird weniger, als hättest du den gesamten Sauerstoff in dich aufgesogen. Die Wände kesseln unser Bett ein, und die Dunkelheit verändert den

Raum. Kleider und Kästen werden zu Gestalten, die mich beobachten. Wir berühren uns nicht, wenn wir schlafen. Selbst aus meinen Träumen bist du verschwunden.

Die Tage sind grau. Es regnet. Jeden Tag. Manchmal hört es für ein paar Stunden auf, manchmal regnet es leicht, ein sanftes Nieseln, das die Blätter der Bäume bestäubt, dann wieder fällt der Regen regelrecht aus den Wolken. Auf den Wiesen haben sich Seen gebildet, kleine Bäche fließen die Straßen entlang. Im Wohnzimmer entdecke ich einen dunklen Fleck an der Wand. Eine undichte Stelle, die von der Decke bis zum Boden reicht, lange Schlieren ziehen sich über die gesamte Wand. Ich sehe dabei zu, wie das Wasser aus der Wand dringt und auf den Boden tropft, wie das Wasser sich sammelt, sich langsam ausweitet. Die Tropfen sind kaum zu hören. Als ich in die Pfütze steige, schwappt das Wasser über die Fläche. Es ist kalt. Wenn du nach Hause kommst, wirst du dich ärgern. Nichts können sie richtig machen, wirst du sagen, nicht einmal die einfachsten Dinge. Was machst du da, würdest du fragen, willst du, dass alles kaputtgeht. Der Boden wird faulen, wenn das Wasser sich absetzt, und du schaust dabei zu. Ich gehe quer durch den Raum. Im Licht spiegeln sich meine Spuren. Erst jetzt fällt mir auf, dass sich auch am anderen Ende lange Schlieren über die Wand ziehen, auch dort tropft das Wasser auf den Boden. Langsam bewegen sich die zwei kleinen Seen aufeinander zu. Ich beginne zu springen, zunächst zaghaft, dann springe ich immer höher. Das Wasser spritzt auf die Wände, während draußen die Bäume hin und her gepeitscht werden. Regenstränge schlagen ans Fenster.

Wissen Sie etwas über Ihre Geburt?

Ich denke nach, aber zur Geburt fällt mir nichts ein. Meine Mutter hat mir nie davon erzählt. Wieder so etwas, wieder klafft eine Lücke auf, weil sie einfach gegangen ist.

Ich weiß es nicht, sage ich, warum müssen Sie das wissen?

Die Geburt hinterlässt etwas in Ihnen. Wie wir geboren werden, prägt unser Leben, sagt die Hebamme, nicht so schlimm, machen Sie sich keine Gedanken. Sie haben ein schönes Becken, optimal für die Geburt. Jetzt heißt es abwarten. Kommen Sie zu uns, wenn die Wehen eine Minute lang dauern. Falls Sie einen Blasensprung haben, bitte unbedingt liegend.

Ich sehe mir Geburten im Fernsehen an, damit ich weiß, was auf mich zukommt. Eine Mutter windet sich auf dem Geburtsstuhl. Bei jeder Wehe schreit sie vor Schmerzen und weint. Ich kann nicht mehr, wimmert sie, ich halte diese Schmerzen nicht mehr aus, ich will ein Schmerzmittel. Bitte, ein Schmerzmittel. Drücken, sagt die Hebamme, sie müssen einfach nur drücken, und schon ist es vorbei. Nach der nächsten Wehe hält die Hebamme ein blaues und blutiges Bündel in ihren Händen. Nur die Nabelschnur verbindet das Kind noch mit der Mutter, bis sie vom Vater abgeschnitten wird. Ein heller, gellender Schrei, der in den Ohren schmerzt. Die Hebamme legt das Kind auf die Brust der erschöpften Mutter.

Eine andere liegt auf dem Operationstisch. Die Ärzte stochern mit Metallbestecken in ihrem Bauch, weiten das Loch, bis sie die Gebärmutter sehen. Sie zerren und stoßen, reißen die Gebärmutter auf. Eine Hand packt das Kind am Hals und zieht es heraus. Der Vater durchtrennt die Nabelschnur und bringt das Kind zum Mutterkopf.

Die Geburt hinterlässt etwas in uns. Eine Frühgeburt Trennungsängste. Eine Sturzgeburt Depressionen. Ein Kaiserschnitt Atemprobleme. Eine Zangengeburt Kampfgeist. Man muss ohne Erwartung in die Geburt gehen. Man muss auf alles gefasst sein, es kann immer etwas sein. Was passiert, passiert. Was passieren kann: Steißlage. Querlage. Dammriss. Atemnot. Schlaganfall. Schwache Herztöne. Starke Blutungen. Totgeburt. Trisomie. Herzfehler. Geburtsstillstand. Schwangerschaftsvergiftung. Ablösung der Plazenta. Frühgeburt. Sturzgeburt. Saugglockengeburt. Kaiserschnitt. Die Nabelschnur legt sich um den Kopf. Das Kind drückt die Nabelschnur ab und erstickt.

Fast jede Nacht träume ich von der Geburt. Ich presse und presse, doch das Kind steckt fest. Die Hebamme ruft: Jetzt pressen Sie doch endlich, das kann doch nicht so schwer sein. Du sitzt neben mir und hältst meine Hand, auch du rufst mir zu: Pressen, Andi, fester. Deine Mutter steht auf der anderen Seite. Sie sagt: Bei meiner Geburt war das nicht so schwierig. Hinter dir steht dein Vater und verdeckt sein Gesicht mit den Händen: Ich kann das nicht mit ansehen, sagt er. Dahinter stehen Daniel und Anna. Es wird sicher ein Mädchen, sagen sie. Und meine Arbeitskolleginnen Sandra und Rita. Meine Schulfreundinnen: Du hast es gleich geschafft, sagen sie, nimm alle Kraft zusammen. Die Stimmen werden immer lauter. Von allen Seiten ruft mir jemand etwas zu. Überall stehen Leute um mich herum, der ganze Raum ist voll davon. Sie lachen und schreien und diskutieren, manche kenne ich nicht einmal. Einige halten meine Hände, andere wischen mir den Schweiß vom Gesicht. Manche tätscheln meine Beine oder meinen Kopf. Ich schreie, denke ich, bei der nächsten Wehe schreie ich so laut, dass ich sie nicht mehr hören kann. Ich warte. Die nächste Wehe kommt nicht.

Was ist, fragt die Hebamme.

Ich lese, wie schön es ist, ein Kind zu haben, und warum: 1. Das Gefühl, wenn ein kleiner Finger meine Hand hält. 2. So müde zu sein wie noch nie in meinem Leben – und so glücklich! 3. Mitten in der Nacht aufzustehen, das Baby zu stillen und zu wissen: Das tun gerade Millionen andere Mütter auf der Welt! 4. Zu sehen, wie das Kind ruhiger wird, wenn es meine Stimme hört. 5. Dieser Augenblick des Friedens, wenn es in meinen Armen einschläft. 6. Sich mit anderen Müttern zu treffen und zu bemerken: Niemand findet die Geschichte meiner Geburt langweilig, egal, wie oft ich davon erzähle. 7. Den besten Geruch der Welt einzuatmen. 8. Dich dabei zu beobachten, wie du dich ernsthaft über Windelmarken unterhältst. 9. So viel zu lachen wie nie zuvor – Kinderlachen kann so ansteckend sein! 10. Eine neue Familiensprache zu erfinden. 11. Stunden im Bett zu verbringen und sich an der Dreisamkeit zu erfreuen. 12. Den Körper des Babys zu erkunden und herauszufinden, von wem es die Nase, die Ohren, die Zehen hat. 13. Zu wissen, dass mir jemand vollkommen vertraut. 14. Sich fantastische Essenskombinationen für das Kind auszudenken: Birne mit Avocado, Spinat mit Huhn, Kürbis mit Linsen. 15. Es besser zu machen als die eigenen Eltern. 16. Die einfachen Dinge des Lebens zu bestaunen: der Geschmack einer Zitrone, der Geruch von frischem Heu, das Summen der Bienen, Gras zwischen den Zehen. 17. Zu weinen, wenn ich im Fernsehen eine Geburt sehe, und zu wissen, wie sich alle Mütter dieser Welt dabei fühlen. 18. Dieser Moment, wenn das Kind zum ersten Mal »Mama« sagt, mich zu wundern, bis ich begreife: Das bin ja ICH! 19. Endlich wieder verrückte Dinge zu tun: Grimassen schneiden, schnauben wie ein Pferd – alles, um mein Kind zum Lachen zu bringen. 20. Kinderbücher lesen zu dürfen. 21. Antworten zu finden auf Fragen wie: Warum ist die Sonne gelb und warum müssen Kinder schlafen? 22. Sich Geschichten auszudenken. 23. Sich daran zu gewöhnen, dass man die »Mutter von X« genannt wird. 24. Zu lernen, wie man gleichzeitig mit einer Hand den Kuchen anrührt, ein Pflaster auf den Finger des Kindes klebt und mit der eigenen Mutter telefoniert. 25. Neue Freunde zu finden, die zufällig auch alle Eltern sind. 26. Zu sehen, wie die eigenen Werte – ehrlich, freundlich, höflich, hart arbeitend – auf das Kind abfärben. 27. Zu weinen, wenn ich das Kind zum ersten Mal in den Kindergarten bringe, und dieser Stolz, wenn es mich nicht einmal vermisst hat. 28. Die Welt mit Kinderaugen zu sehen. 29. Festzustellen, dass es meine Liebe zur Kunst und deine Faszination für Architektur geerbt hat. 30. Dieser Moment, in dem ich begreife: Mein Kind macht mich größer.

Der Boden kippt, wenn ich durch die Gänge wandere. Manchmal muss ich stehen bleiben, weil ich das Gleichgewicht verliere. Ich halte mich an den Wänden fest. Sie bewegen sich stärker, beben geradezu. Als wäre ich auf einem Schiff. Georg? Meine Stimme wandert die Treppen hinauf und verliert sich. Niemand ist hier. Nur ich.

9

Man sagt, das Wasser ist älter als die Sonne selbst. Die Erde war ein riesiger Ozean aus flüssigem Gestein. Die Oberfläche kühlte ab, eine dünne Kruste bildete sich. Asteroiden rissen die Kruste ein und Gase entwichen. Dann kühlte die Erde aus, und der Wasserdampf kondensierte. Bis es zu regnen begann. Millionen von Jahren. Aus kleinen Pfützen bildeten sich Seen und daraus riesige Meere.

Ich klopfe gegen meinen Bauch. Nichts. Schon seit Tagen kaum eine Bewegung. Als wäre es verschwunden, als hätte das Fruchtwasser es verschluckt oder aufgelöst. Jetzt ist es so eng, dass es seine Arme über dem Bauch verschränken muss, die Beine angewinkelt, wie in einer Zwangsjacke. Wir halten inne. Wir warten. Die letzten Wochen liegen vor uns, dann ist es endlich vorbei.

Im Kreißsaal hören wir die Schreie der anderen Mütter durch die Wände.

Es ist nicht immer so laut, sagt die Hebamme, mal kommt es zu Stoßzeiten, und es gebären mehrere Mütter gleichzeitig, mal ist man allein auf der ganzen Station, man kann es nicht vorhersagen. Wir stehen eng beisammen, lachen, aus Angst oder Verlegenheit. Die Väter werden unruhig. Du nimmst meine Hand und drückst sie fest zusammen. Beim Gebären gibt es große kulturelle Unterschiede: Japanerinnen schreien nicht. Türkinnen laut und schrill. Je lauter, desto mehr Gold gibt es später. In Marokko unterdrücken die Frauen ihren Schmerz und beißen sich auf die Haare. In Ägypten stopfen sie sich ein Tuch in den Mund. In Taiwan soll das Dorf nicht gestört werden. In Indien misst man die Sünden der Frauen an ihren Schmerzen. Damit sich der Muttermund öffnet, werden die Türen im Haus und die Haare der Frau geöffnet. In Mexiko wird alles verschlossen und jeder kleine Spalt mit Tüchern gestopft, aus Angst, böse Geister könnten sich in Mutter und Kind einschleichen.

Ich lasse meinen Blick durch den Raum schweifen. Eine Geburtswanne. Ein Entbindungsbett. Ein Hocker. Ein Geburtsrad. Seile, Sitzbälle, eine Sprossenwand. Wie ein Turnsaal für Kinder. Alles ist bunt. Selbst die Wände sind lila gestrichen. Ein riesiges Bild mit einer Seerose hängt über dem Bett. Die Frau soll sich bewegen, irgendwo dranhängen, draufsetzen, wie ein Tier, das sich seine Bruttstätte einrichtet. Ich stelle mir vor, wie ich hier liege. Auf dem Bett. Oder im Rad. Wie ich mich an den Seilen festkralle, die Seerose anstarre. Wie ich schreie, laut und schrill. Wie ich mir auf die Haare beiße. Wie du mir ein Tuch in den Mund stopfst. Wie ich deine Hand packe und meine Nägel in deine Haut bohre. Wie es mich fast zerreißt, wenn das Köpfchen schon rausschaut. Wie ich mich auf dem Geburtsstuhl winde. Wie ich um Schmerzmittel bettle. Wie mir die Hebamme das schreiende Kind auf die Brust legt. Wie es mir fast das Trommelfell zerreißt. Wie du mich anlächelst, während du die Nabelschnur durchschneidest.

Die Hebamme erklärt die einzelnen Geräte. Sie lächelt, immerzu. Beim Geburtsrad. Bei der Sprossenwand. Bei der Geburtswanne. Sie macht beruhigende Bewegungen mit ihren Händen, als lägen wir schon in den Wehen, und verwendet Ausdrücke wie Köpfchen und kleiner Mensch. Alle stehen eng beisammen, hören zu, stellen Fragen.

Vollkommen ungefährlich, sagt die Hebamme, im Gegenteil. Für das Kind ist die Wassergeburt ein sanfter Übergang. Es gleitet vom Fruchtwasser ins Badewasser und kann seine Drehung, die es im Geburtskanal begonnen hat, zu Ende führen. Ein Reflex hindert es daran, einzuatmen. Erst, wenn es aus dem Wasser gehoben wird, nimmt es seinen ersten Atemzug.

Der Krankenhausgeruch wird immer stärker. Jetzt fehlt nur noch der Hocker, dann sind wir durch. Abwechselnd setzen wir uns drauf, damit wir jetzt schon wissen, wie es sich anfühlt. Unsere Männer hinter uns. Du stellst dich hinter mich und legst deine Hände auf meine Schultern. Ich lehne mich an dich. Ein gellender Schrei ist aus dem Nebenzimmer zu hören. Ein Kind wurde geboren.

Ich sehe dabei zu, wie das Wasser in die Wanne fließt. Es dampft und schäumt, steigt höher und höher. Das Rauschen dringt durch die ganze Wohnung. Ich steige in die Wanne, das Wasser ist heiß. Meine Füße färben sich rot. Die Hitze steigt mir in den Kopf. Ich gleite hinein und tauche meinen Kopf unter Wasser. Ich höre den dumpfen Aufschlag der Brause. Stühle, die gerückt werden, Stimmen aus der Wohnung deiner Eltern. Jetzt bewegt es sich wieder. Wie ein kleiner Fisch, der frei im Meer schwimmt. Wenn ich meine Augen schließe und die Hand auf den Bauch lege, kann ich es vor mir sehen. Es hat eine kleine runde Nase und viele schwarze Haare. Wenn es mich ansieht, kneift es seine Augen zusammen. Die Oberlippe sieht aus wie ein Gebirge und kräuselt sich, wenn es schläft. Die Zehen so klein, dass ich sie mit den Fingern zerdrücken könnte. Wenn es lacht, sieht es aus wie ich.

Man sagt, das Meer ist unergründlich und fremder als der Mond. An den tiefsten Stellen ist es eiskalt und dunkel. Raum und Zeit sind außer Kraft gesetzt. Die Körper der Tiere sind klein, transparent oder schwarz. Sie haben riesige Augen, um die schwachen Reste des Lichts einzufangen, oder gar keine.

Du legst deine Hände auf meinen Bauch. Er ragt wie ein riesiger Berg über mir auf und ein kleiner Ozean darin.

Willst du nicht langsam raus, sagst du, wir warten schon auf dich.

Du legst dich neben mich, dein Ohr an meinem Bauch.

Wie es wohl aussieht?

Das wirst du bald sehen, sage ich.

Alle, die mir begegnen, fragen mich, ob ich Angst vor der Geburt habe. Die Freunde, die Nachbarn, sogar Fremde. Sie sagen: In den meisten Fällen läuft alles gut, mach dir keine Sorgen. Nur die Schmerzen sind wirklich schlimm. Nur die Wehen dauern wirklich lang. Eine hatte eine Geburt, die dreißig Stunden dauerte. Das Kind kam gerade noch vor dem Notkaiserschnitt. Oder: Eine andere hatte eine Sturzgeburt, das Kind kam im Treppenhaus zur Welt, der Mann konnte gerade noch den Kopf halten.

Oder: Die Bekannte einer Nachbarin brachte ihr Kind im Rettungswagen zur Welt. Oder: Bei einer steckte das Kind stundenlang fest und musste mit der Saugglocke geholt werden. Die Hebamme stemmte sich gegen den Bauch, die Ärztin zog es am Kopf heraus, während die andere Hebamme einen Dammschnitt machte. Der Kopf des Kindes war so deformiert, dass der Vater dachte, mit dem Kind stimmt etwas nicht. Niemand sagte ihm, was passiert war. Oder: Bei wieder einer anderen bekam das Kind zu wenig Luft, die Ärzte hielten es kopfüber, aber es schrie nicht. Jetzt ist es halbseitig gelähmt. Oder: Bei irgendeiner Cousine wurde ein Herzfehler beim Kind festgestellt. Gleich nach der Geburt musste es operiert werden und wochenlang im Krankenhaus bleiben. Oder: Ein anderes Kind starb im letzten Monat. Die Wehen wurden eingeleitet, und die Mutter musste ihr Kind tot gebären. Oder: Die Nabelschnur hatte sich um den Kopf gelegt. Das Kind wäre beinahe erstickt. Oder: Die Schmerzen waren so schlimm, dass die Mutter bewusstlos wurde. Oder: Die Blutung war so stark, dass die Mutter beinahe verblutet wäre. Oder. Oder. Oder.

Ich besuche meine Kolleginnen im Büro.

Andi, wie schön, dass du uns besuchen kommst.

Sie umarmen mich und gehen dann wieder ihrer Wege.

Ich stehe bei Rita im Büro. Mein Schreibtisch ist leer. Auf dem Besprechungstisch liegen die Entwürfe für meine Kunden. Kalte Farben, ein hässlicher Schriftzug, der nicht zu den Bildern passt. Einfallslos.

Habt ihr das Design geändert, frage ich.

Die haben sich eine Veränderung gewünscht.

Das Telefon läutet. Dann die Türklingel. Immer läuft jemand um mich herum. Ich stehe im Weg.

Tut mir leid, Andi, du hast dir einen schlechten Tag ausgesucht.

Ich streiche das Kinderzimmer neu. Die gelbe Farbe gefällt mir nicht mehr. Ich streiche es blau, das tiefste Blau, das ich finden konnte: ozeanblau. Die Decke lasse ich weiß. Wie ein Aquarium sieht es aus. Ich male kleine Tiere an die Wand. Tagelang arbeite ich daran. Zeichne sie mit Bleistift vor und male sie in den schillerndsten Farben aus. Regenbogenfische und Seesterne, einen großen Oktopus und Fische in allen Formen und Farben. Seeanemonen, die durch das Zimmer wabern, und dazwischen orangeweiße Clownfische. Korallen, die wie Labyrinthe aussehen. Ich denke mir Tiere aus. Male Fische mit Tentakeln und Kugelfische mit Schmetterlingsflügeln. Von der Decke dringen Umrisse von Lichtstrahlen ins Wasser. Ich betrachte die Wände, streiche mit meiner Hand über die Flächen, als könnte ich die Tiere berühren. Hier hört man das Hämmern fast nicht, als würde das Meerwasser den Schall dämpfen. Ich lege mich in das Kinderbett, schalte die Lampe ein und sehe dabei zu, wie die Sterne durch das Zimmer kreisen.

Man sagt, das Meer hat eine Stimme. Wenn es still ist, hört man es singen.

Wir entscheiden uns für einen Namen. Er klingt in meinen Ohren. Wieder und wieder. Ich wiederhole den Namen, sage ihn vor mich her. Flüstere ihn. Sage ihn laut und bestimmt. Singe ihn. Schreie ihn. Immer wieder, bis er vollkommen ausgehöhlt ist und leer. Die Buchstaben schnarren auf meiner Zunge und zerfallen in ihre Einzelteile. Wie ein Skelett aus zu vielen Hoffnungen.

Als ich schon schlafe, legst du dich zu mir ins Bett. Du streichst meinen Körper entlang, verschwindest unter meinem Nachthemd. Deine Zunge arbeitet sich von meinem Bauch vor zu meinen Brustwarzen und umkreist sie. Langsam beginnst du, daran zu saugen, umfasst meinen Hintern, greifst bestimmt zwischen meine Beine. Nicht, sage ich, ich kann nicht.

Warum denn?

Nicht heute, lass gut sein.

Ich drehe mich zur Seite und höre deinen Atem. Du schnaufst, wälzt dich hin und her, aber du sagst nichts mehr. Als ich am Morgen aufwache, bist du schon in der Arbeit.

In unserer Wohnung hängen jetzt überall Bilder von uns. Sie zeigen uns als glückliches Paar. Wie wir uns anlächeln. Wie wir uns küssen. Wie wir am Strand liegen, die Sonne verschwindet hinter uns im Meer. Wie wir uns verändert haben. Sechzehn, achtzehn, siebenundzwanzig, dreißig, fünfunddreißig. Wir tanzen in einer Disco. Sitzen auf einem Moped. Stehen neben dem Gipfelkreuz. Tragen Faschingskostüme. Liegen in der Hängematte. Trinken Cocktails am Strand. Stehen vor dem Kolosseum, am Markusplatz, vor der Kathedrale in Florenz. Wir tauchen unter Wasser. Springen von einem Felsen ins Meer. Unsere Frisuren haben sich verändert. Unsere Kleidung. Du trägst jetzt keine T-Shirts von Punkbands mehr. Ich trage keine schwarze Kleidung und färbe meine Haare nicht mehr. Du hast eine Herrenfrisur, trägst Bart und Herrenhemden. Ernster sind wir geworden. Und in unseren Gesichtern sind die Jahre zu erkennen. Kleine Falten, wenn wir lachen, und Einkerbungen auf der Stirn. Mit den Jahren werden sie tiefer, bis sie nicht mehr verschwinden.

Die Wellen an der Wand bewegen sich. Langsam und gleichmäßig. Ich höre ein leises Rauschen. Es ist weit entfernt. Mit jedem Tag wird das Rauschen lauter, werden die Wellen mehr. Sie steigen auf und fallen ab.

Das Hämmern und Bohren beginnt frühmorgens. Es dröhnt in meinem Kopf, wenn ich aufwache. Die Schläge immer im selben Rhythmus, mit Pausen dazwischen. Gegenstände werden dann auf den Boden geworfen. Ein Hammer. Eine Zange. Eine Bohrmaschine. Manchmal hört es sich an, als würden sie das ganze Dach abtragen. Ich stehe auf. Setze mich mit einer Tasse Kaffee in die Küche. Es ist kaum auszuhalten. Der Schmerz zieht sich wie ein Messerstich von der Stirnhöhle über den Kopf hinunter zum Nacken, zum Rücken und endet im Becken. Dort ist der Schmerz dann am schlimmsten. In der Wohnung ist es kalt. Der Geruch von Plastik und frisch lackierten Möbeln ist immer noch da. Dazu kommt jetzt der Staub, der durch jede noch so kleine Ritze in die Wohnung dringt und sich über den Boden legt. Ich kann nicht malen, bin zu müde, um rauszugehen. Also lege ich mich wieder ins Bett und ziehe die Decke über den Kopf. Ein stechender Schmerz durchdringt meinen Unterleib, als ob etwas nicht in Ordnung wäre. Ob es noch lebt? Das sind nur die Senkwehen, sage ich mir. Jetzt bewegt es seinen Kopf Richtung Becken, jetzt bereitet es sich auf die Geburt vor.

Du bringst einen großen weißen Bär mit nach Hause. Er reicht mir bis zur Hüfte.

Ich musste ihn kaufen, sagst du, greif mal, wie flauschig er ist.

Ich stelle ihn in das Kinderzimmer. Immer wenn ich vorbeigehe, starrt er mich an.

Man sagt, am Meeresgrund verbergen sich riesige Gebirgslandschaften. Gewaltige Flusstäler, Schluchten und Höhlen. Als gäbe es dort noch eine andere Welt, von der wir nichts wissen.

Wenn du nach der Arbeit nach Hause kommst, gehst du zuerst nach oben zur Baustelle. Redest mit den Arbeitern oder machst was im Garten. Reißt das Unkraut aus, schneidest die Thujen zurecht. Manchmal gehst du mit Freunden ins Gasthaus oder zum Sport. Du nimmst jetzt Karatestunden, weil du einen Ausgleich brauchst. Der ganze Stress in der Arbeit, die Baustelle, das Kind.

Es ist gerade etwas viel, sagst du.

Das wird auch wieder vorbeigehen, sage ich.

Ich muss die Zeit nutzen, wenn das Kind einmal da ist, hab ich keine Zeit mehr dafür. Du kannst ja mitkommen, sagst du, wenn du dich mit Freunden triffst.

Geh ruhig ohne mich, ich kann mich kaum bewegen, kann nicht lange sitzen und nichts trinken. Ich bin keine gute Gesellschaft.

Und du bist sicher nicht böse?

Geh schon.

Na gut, sagst du und küsst meine Stirn, wir sehen uns später.

Ich lege mich vor den Fernseher, sehe mir die Nachrichten oder einen Film an. Ich wache erst dann wieder auf, wenn du nach Hause kommst.

Deine Mutter bringt Babysachen vorbei. Alte Sachen von Daniel und dir. Von ihrer Nichte, ihrer Cousine und anderen Bekannten. Sie hat alles wochenlang gesammelt und bringt es feierlich in die Wohnung. Sie geht in das Kinderzimmer und räumt die Schubladen voll. Eine Wolldecke. Eine Rassel. Strampelanzüge. Strumpfhosen und Schuhe. Jacken und Wintermützen. Sommerhosen. Pullover und T-Shirts. Die Schubladen sind so voll, dass man sie kaum öffnen kann. Im Kinderbett liegen jetzt neben dem Eisbär noch andere Tiere. Ein Drache. Ein Tiger. Ein Hai.

Ich bewege mich in winzigen Kreisen. Vom Schlafzimmer in die Küche ins Wohnzimmer auf den Balkon ins Badezimmer in die Küche ins Treppenhaus zum Auto zum

Supermarkt und wieder zurück. Jedes Mal, wenn ich die Serpentinen entlangfahre, habe ich das Gefühl, die Felsen hängen tiefer und schwerer als letztes Mal, als würden sie sich jeden Moment lösen und auf die Straße stürzen.

Sobald du ein Kind hast, schnappt die Falle zu, und du sitzt fest. Das sagte Marlene immer, davon war sie überzeugt. Jetzt sagt sie, loslassen muss man, Wege verbauen muss man, man kann nur einen Weg gehen. Entscheidungen treffen muss man. Realistin werden muss man. Wünsche und Träume ziehen lassen muss man. Das ist Älterwerden. Es gefällt mir selbst nicht. Aber so ist es.

Ich versuche, mich an das Wort Mutter zu gewöhnen. Es klingt fremd, wenn ich es ausspreche. Ich sehe hysterische Mütter vor mir. Mütter, die schreien, und Mütter, die schlagen. Lächelnde Mütter aus Werbungen, die ihren Kindern die Flecken aus den Kleidern waschen. Mütter, die am Bügelbrett stehen und die Hemden ihrer Männer bügeln, die das dampfende Essen auf den Tisch stellen, während die ganze Familie am Tisch sitzt. An Mütter, die keine Namen mehr haben, weil selbst ihre Männer sie nennen wie ihre Kinder. Ich denke an Großmütter in geblümten Schürzen, die Apfelstrudel backen und Gulasch kochen. An diesen Geruch, den all diese Frauen in die Häuser bringen. An Mütter, die einfach verschwinden und alles hinter sich lassen. Aber mich sehe ich nicht in diesem Wort. Wenn ich es oft hintereinander ausspreche, klingt es wie ein Motor, der nicht anspringt.

Man sagt, das Meer hat ein Gedächtnis. Alles hinterlässt seine Spuren am Meeresgrund.

Am Telefon plötzlich die Stimme meines Vaters. Ich habe seine Nummer nicht erkannt und abgehoben. Dass ich schwanger bin, hat sich schon lange herumgesprochen. Es war nur eine Frage der Zeit, bis er sich meldet. Die Vergangenheit ruhen lassen, sagt er, wir sind doch eine Familie.

Mein Vater steht neben dem Auto und wartet auf mich. Mein Hals schnürt sich zu, als ich ihn sehe, in meiner Brust ein Druck. Ich kann ihm fast nicht in die Augen sehen. Er ist alt geworden und mager. Die Falten tiefer, die Haare grau und spärlich. Er ist anders gekleidet. Nachlässiger. Seine Haltung hat sich verändert. Irgendwie gebückter. In seinen Augen sammelt sich Wasser, aber er kann sich zurückhalten und umarmt mich, als wären wir all die Jahre über Vater und Tochter gewesen. Ich löse mich sofort wieder, sein Körper ist mir unangenehm. Er hält mich an der Hand, wie man ein Kind an der Hand hält. Schau dich an, sagt er, du bist eine erwachsene Frau.

Ich weiß nicht, was ich sagen soll. Ich könnte sagen: Gut schaust du aus, oder: Wie geht es dir. Oder: Was machst du jetzt. Ein schönes Auto hast du. Stattdessen stehen wir uns schweigend gegenüber. Vor mir ein fremder Mann. Wir haben uns nichts mehr zu sagen.

Am Morgen stehe ich mit dir auf, sobald dein Wecker läutet. Ich fülle Kaffeepulver in die Maschine und stelle sie auf den Herd. Du schneidest Brot, stellst Marmelade und Butter auf den Tisch. Ich schalte das Radio ein. Du holst die Zeitung aus dem Briefkasten. Wir rühren in unserem Kaffee. Wir schmieren unsere Brote. Wir sagen: Gibst du mir mal die Butter. Oder: Wann kommst du heute nach Hause. Im Radio singt eine helle Stimme von irgendwelchen Sonnenaufgängen. Dann ziehst du dich an, fährst ins Büro. Ich fahre einkaufen, räume die Wohnung auf, gieße die Blumen im Garten. Zu Mittag rufst du mich an. Wie geht es dir? Was machst du? Du sitzt mit deinen Kollegen beim Mittagessen. Im Hintergrund höre ich Stimmen und Gelächter. Dann dauert es noch viele Stunden, bis du nach Hause kommst.

Mein Vater ruft jetzt wieder an. Vielleicht will er etwas nachholen. Irgendetwas gutmachen. Bei seinem Enkelkind alles anders machen. Ich betrachte das Telefon, sein Name, der aufleuchtet. Ich antworte nicht. Ich lösche seine Nummer. Ruf mich zurück, schreibt er.

Am Abend sitzen wir dann wieder in der Küche. Wir kochen, essen, räumen den Tisch ab. Zwischen uns wandern immer dieselben Sätze hin und her. Du erzählst von deinem Tag im Büro. Ich sage: Nimm es dir nicht so zu Herzen. Ich überlege, worüber wir sonst sprechen könnten. Mir fällt nur unser Kind ein. Unser Haus. Vielleicht noch das Auto oder die Versicherung, Telefonrechnungen, Einkaufslisten. Die letzten Monate haben wir uns von einer Angelegenheit zur nächsten geangelt. Also höre ich dir zu, und dann sage ich etwas über das Kind. Dass sich etwas verändert hat, die Art der Bewegungen. Dass ich irgendetwas für die Wohnung gekauft habe. Neue Blumen zum Beispiel. Und dann legen wir uns vor den Fernseher. Der Fernseher ist größer als früher, das Sofa bequemer, das Wohnzimmer geräumiger, die Stimme des Nachrichtensprechers dringt aus einer Surround-Anlage zu uns und umgibt uns von allen Seiten. Nur wir sind die Gleichen geblieben. Kein Möbelstück, kein Haus, kein Kind wird das ändern. Wir liegen schweigend nebeneinander. Ich sehe dem Nachrichtensprecher dabei zu, wie sich seine Lippen bewegen. Wie er von einem Wandel spricht und von einem Rechtsruck Europas. Von vereitelten Anschlägen und Neuwahlen. Von der Entdeckung neuer Meerestiere, einem Fisch ohne Gesicht. Und beim Wetterbericht schlafe ich ein.

Im Traum sehe ich unser Kind. Ich halte es im Arm. Es wächst so schnell, dass ich es nicht mehr tragen kann. Es fällt mir aus dem Arm. Es steht vor mir. Es reicht mir schon bis zur Hüfte. Es wird immer größer. Ich kann beim Wachsen zusehen. Bald ist es größer als ich und wächst immer weiter empor. Wie ein Baum. Es streckt seine Arme wie Äste über mich. An den Fingern wachsen kleine grüne Blätter.

Die Tage werden weniger. Es ist wie ein Countdown. Zwölf Tage, elf Tage, zehn Tage. Je näher der Tag rückt, desto häufiger rufen sie mich an. Marlene und Sandra, Anna und Alex. Deine Mutter kommt mehrmals am Tag zu mir, um zu sehen, was ich mache, wie es mir geht. Mittags rufst du mich an, Punkt halb eins läutet mein Telefon. Rund um die Uhr werde ich betreut und versorgt, als würde bald weiß Gott was passieren. Hab keine Angst, sagt deine Mutter, hör nicht auf diese Geschichten.

Zehn Tage. Ich spüre einen starken Druck in meinem Bauch. Ich rufe dich an. Keine zehn Minuten später bist du zu Hause und fährst mich ins Krankenhaus. Du bist nervös während der Fahrt. Deine Hände zittern. Sie kommen zu früh, sagt die Hebamme, fahren Sie wieder nach Hause. Also fahren wir wieder zurück. In der Nacht machen wir beide kein Auge zu.

Neun Tage. Deine Mutter klopft an die Tür. Willst du zum Essen kommen? Sie hat mein Lieblingsessen gekocht und einen Kuchen gebacken. Das ganze Haus duftet nach Kuchenteig. Während des Essens rufst du mich an. Wie geht es dir? Hast du Schmerzen? Was machst du? Du bist erleichtert, dass deine Mutter sich um mich kümmert. Am Nachmittag schlafe ich mit der Stimme der bezaubernden Jeannie vor dem Fernseher ein.

Du kommst mit einer riesigen Schokoladentorte nach Hause.

Acht Tage. Die ersten Blüten treiben aus den Knospen des Kirschbaums. Es wird Frühling. Ein leichter Wind weht durch die Äste. Das Summen der Bienen. Der Geruch der Kirschblüten. Ich sitze mit deiner Mutter im Garten. Wir spielen Karten. Den ganzen Nachmittag lang.

Sieben Tage. Ich stelle mir vor, wie wir im Kinderzimmer sitzen. Ich zeige mit meinem Finger auf die Wand. Ich sage, das ist ein Oktopus. Und das ist ein Seestern. Das ist ein Kugelfisch, und das ist das Meer, woraus alles entstanden ist. Auch du bist in meinem Bauch geschwommen wie ein kleiner Fisch.

Sechs Tage. Am Telefon die Stimme von Marlene. Ihre Stimme heiser. Sie lacht und weint gleichzeitig. Eine Mischung aus Verzweiflung und Freude. Sie ist auch schwanger. Jetzt ist es vorbei mit den Fernreisen, sagt sie, jetzt können wir gemeinsam nach Jesolo fahren und Sandburgen am Strand bauen.

Fünf Tage. Im Traum liege ich leblos im Wasser, wie eine Qualle, die sich an der Oberfläche treiben lässt. Die Wellen wiegen mich hin und her. Über mir fliegen die Möwen in Scharen Richtung Süden.

Vier Tage. Eine Nachricht leuchtet auf meinem Telefon auf. Es ist schon wieder die Nummer meines Vaters. Ist es schon da?

Drei Tage. Ich stehe vor dem Spiegel, aber ich kann nichts erkennen. Nur Schatten. Umrisse. Ich schließe die Augen und öffne sie wieder. Dann ist es wieder da: mein Gesicht, klar und scharf.

Zwei Tage. Ich lege mich auf die Terrasse. Der Boden ist kalt, aber die Sonne wärmt mein Gesicht. Ich stelle mir vor, wie mein Vater das Kind in den Arm nimmt. Sie passen gut zusammen. Am Himmel ziehen die Wolken vorüber. Brüchige Eisschollen, die immer weiter auseinanderklaffen, als befände sich das Meer über mir.

Ein Tag. Ich spüre nichts. Nicht mal mich selbst, als könnte es noch ewig so weitergehen mit uns. Dieser kleine Fisch in mir, der dick und fett in meiner Höhle hängt, und ich ein Fischkutter, der ziellos durch die Gegend fährt.

Man sagt, das Meer lässt sich nicht zähmen, es bäumt sich auf und flacht wieder ab. Und eines Tages holt es sich alles zurück.

Ich höre auf zu zählen.

Am Sonntag sitzen wir dann bei deiner Mutter in der Küche. Es riecht nach Apfelstrudel und Preiselbeermarmelade. Du hilfst ihr beim Kochen. Schneidest Kartoffeln. Lässt die Schnitzel ins zischende Öl gleiten. Aus dem Radio Schlagermusik. Das Klirren der Gläser. Das Klappern der Teller. Die ganze Familie ist beisammen. Wir haben noch immer gut Platz. Auf der Sitzbank ist ein Platz frei und ein Stuhl steht unbenutzt in der Ecke. Dort werden irgendwann unsere Kinder sitzen. Um mich herum bewegen sich Hände, die zu den Tellern und Schüsseln greifen. Dein Vater schenkt Wein in die Gläser und redet wie ein Wasserfall. Man merkt ihm an, wie sehr er sich freut, dass wir alle hier sind. Mit Daniel plant er das neue Haus. Sie haben sich ein Grundstück gekauft und fangen schon bald an zu bauen. Das Kinderzimmer soll unbedingt ich gestalten. Anna ist jetzt auch endlich schwanger. Ich empfehle ihr meine Hebamme und das Krankenhaus, in dem ich entbinde, erkläre ihr, was bei welcher Untersuchung gemacht wird. Sie zeigen die Ultraschallbilder. Den Grundriss des Hauses. Wir freuen uns füreinander. Wir lachen viel. Das ganze Haus ist voller Stimmen.

Mitten in der Nacht wache ich auf. Das Bett neben mir ist leer. Ich erschrecke, als ich aufstehen will. Der ganze Boden ist voller Wasser. Ich schalte das Licht an. Es tropft von den Wänden, fließt langsam durch die Ritzen der Türen.

In der Küche und im Bad dasselbe. Von allen Seiten tropft und rauscht es. Georg, rufe ich. Ich wate schon bis zu den Knien im Wasser. Der Strom fällt aus. Ich laufe zum Balkon, doch die Tür geht nicht auf. Die Wände schaukeln. Tiefe Risse ziehen sich hinauf bis zur Decke. Die Möbel bewegen sich. Die Bücher, die Fotos, meine Bilder fallen ins Wasser. Das Papier wellt sich. Die Farben laufen aus. Unsere Gesichter verzerren sich und lösen sich allmählich auf. Ich verliere den Halt, spüre den Boden nicht mehr. Die Kinderwiege treibt an mir vorbei. Die Decke stürzt ein. Erika? Ich verschlucke mich, das Wasser ist salzig und brennt in meinem Hals. Alles, was wir monatelang aufgebaut haben, stürzt in sich zusammen. Der schöne Holztisch. Der Fernseher. Die Barhocker. Das Sofa. Wo sind alle hin? Ich kämpfe gegen den Sog und schwimme nach oben. Das Wasser schlägt mir ins Gesicht. Und plötzlich steht Georg da. Er ruft mir etwas zu. Hilfe, rufe ich, doch aus meinem Mund kommt nur ein Gurgeln aus Salzwasser. Ich halte mich an der Küchenzeile fest, die Strömung wird stärker. Die Wellen bäumen sich auf, das Wasser schäumt, immer höher werden sie und zwingen mich nach unten. Bis ich aufgebe, loslasse. Bis ich mich fallen lasse und sinke. Tiefer und tiefer. Es ist auf einmal ganz still. Das Rauschen ist verschwunden. Nur das dumpfe Aufschlagen der Möbel, die in den Abgrund sinken, ist zu hören. Alles liegt in Trümmern vor mir. Wie ein Geisterhaus, zerstört und verlassen. Über mir wippen die Tischbeine und Stühle hin und her. Ab und an fällt ein Buch an mir vorbei oder ein Teller, ein Wecker, eine Fernbedienung. Ich sinke immer tiefer, bewege mich durch die leere Wohnung seiner Eltern. Das Bett steht verlassen. Die Decken treiben irgendwo in der Küche. Und dann höre ich wieder dieses Lied: *I, I wish I could swim. Like the dolphins. Like dolphins can swim.* Ein Schwarm kleiner Fische taucht vor mir auf. Es müssen Hunderte sein. Ihre Schwanzflossen leuchten golden im spärlichen Licht des Mondes. Ein Seil fällt neben mir in die Tiefe. Georg muss sterben vor Angst. Ich rufe nach ihm. Aus meinem Mund schlängeln sich kleine stumme Luftblasen an die Oberfläche. Die Fische haben einen Kreis um mich gebildet. Auf ihren Körpern sind ganz kleine Linien zu erkennen, die sich bei jeder Bewegung zu neuen Mustern formen. Sie kommen näher und sehen mich an, als würden sie nur noch auf mich warten.

Es sieht genauso aus, wie ich es mir vorgestellt habe.